Leopold Ritter von Sacher-Masoch

**Der Emissär**

Leopold Ritter von Sacher-Masoch

**Der Emissär**

ISBN/EAN: 9783744665698

Hergestellt in Europa, USA, Kanada, Australien, Japan

Cover: Foto ©Andreas Hilbeck / pixelio.de

Weitere Bücher finden Sie auf **www.hansebooks.com**

# Der Emissär.

## Eine galizische Geschichte

von

Leopold Sacher-Masoch.

Prag, 1863.
Verlag von F. A. Credner,
k. k. Hof-Buch- und Kunsthändler.

## I.

Unter kleinen aus Holz und Lehm zusammengeklebten Häusern steht in der galizischen Kreisstadt das alte Schloß der Staroste, ein roher, aber mächtiger Bau, wie aus einem Karpathenfelsen gehauen. Den weißen Adler über dem Thore haben Wind und Wetter Stück für Stück ausgelöscht, wie die Mächte des Ostens das alte Polen. Ein anderer Adler schmückt jetzt das Gebäude; vor ihm zieht der polnische Landmann den Hut zur Erde, denn ihm bedeutet er eine bessere Zeit, die Herrschaft der Gesetze, Recht und Freiheit.

Kein polnischer Magnat ist es, der jetzt in dem alten Schlosse herrscht.

In dem düstern Gebäude, wo der gewaltige Staroft mit der Hetzpeitsche waltete und Recht sprach, in dessen majestätischem Rahmen die prächtigen Gestalten des adeligen Polens ihr farbenglühendes Leben woben, wo die kranke Republik ihre bunten Blasen, Complot, Rokosz, Conföderation warf, spinnt jetzt das Haus eines österreichischen Beamten sein kleines behagliches Dasein aus.

Es ist ein galizischer Märzabend, prächtig, winterlich.

In dem Empfangzimmer des Herrn Kreishauptmanns ist eine feine ältliche Dame beschäftigt, auf dem Tische vor dem Divan die Theetassen zu ordnen, auf den Spieltisch Karten, Marken aufzulegen und die Leuchter mit Kerzen und Gläschen zu versehen.

„Karola!" ruft sie, „Karola!"

Die Tochter erscheint. Ein einfaches weißes Kleid umschließt die hohe schlanke Gestalt.

„Karola! Wie vertheilen wir die Schalen?"

Das Mädchen legte den Finger an die Lippe und schüttelte den flechtengekrönten blonden Kopf.

Sacher-Masoch, der Emissär.

„Geben wir Burg den Kosciuszko," lachte es.

„Behüte! damit er uns wieder auf Roman's Kosten unterhalte."

Karola lachte.

„Lache nicht. Dein Lachen hetzt Roman gegen Burg, wie dieser in dem Polen längst den Nebenbuhler hechelt."

„Niemals!" fiel rasch das Fräulein ein, „niemals! Burg liebt mich nicht."

Und glühend beugte es sich über die Schalen. Eben kam der Kreishauptmann herein.

„Burg geben wir den Kaiser Joseph," bemerkte er, „da wird er endlich zufrieden sein," — und legte sein goldgesticktes Hauskäppchen auf den Whisttisch.

„Guten Abend, Vater!" Das Fräulein küßte seine Hand, und fuhr fort: „Dem Hauptmann den Erzherzog Karl."

„Freilich!" rief es in der Thüre, welche der Landdragoner ehrfurchtsvoll geöffnet hatte. „Freilich!"

Es kam der alte Hauptmann.

Das war noch eine fröhliche österreichische Soldatennatur. Der Landdragoner kannte jede Stelle an dem Körper des Veteranen, wo er von den Feinden seines Kaisers eine Wunde erhalten hatte.

Er selbst wußte nichts davon. Er drehte seinen Schnurrbart und trällerte das Liedchen, das er als Fähnrich geträllert.

„Hoher Schnee," begann er, sich die Hände reibend, „tüchtiger Frost — prächtige Schlittenbahn — morgen fahren wir, Fräulein Karola."

„Die Hand darauf, Hauptmann."

Der alte Herr schlug freudig in das dargebotene Händchen ein.

„Gut, gewiß! Und was ist es mit der Fuchsjagd?"

„Hauptmann, Sie machen mir das Mädchen zur Amazone," wandte der Vater ein.

„Und Sie, lieber Freund, zur Nonne. So ein prächtiges Weib gehört täglich auf das Pferd, in den Wald, dann mag sie auch Ihre Socken flicken und den Heine lesen, aber so wird sie sentimental."

Die Damen lachten.

„Sagen Sie das Burg," bemerkte die Hausfrau.

„Hauptmann! Hauptmann!" rief Karola, „er nannte mich ungezogen."

„Wer?"

„Burg — Ihr Burg. — Ja, lernen möchte ich! — lesen! — lesen! — Hauptmann! nicht reiten und schießen; wir sind unter gebildeten Menschen, sagte er, nicht in der Prairie."

„Warte, das sollst Du mir büßen!" drohte der Hauptmann, „aber darum bleibt er doch mein Burg — lachen Sie nur. Haben Sie schon einen Besseren gekannt? Nennen Sie Jemand, der nur auch den Vergleich mit ihm aushält."

„Roman Potocki," sagte die Hausfrau.

„O ja, der gefällt — der interessirt," erwiederte der alte Soldat.

„Persönlichkeit und Nationalität unterstützen sich dabei —"

„Sie haben Recht," fiel das Fräulein ein. „Der schlanken Jünglingsgestalt verleiht der einfache schwarze Schnürrock, dem schönen Kopfe mit der fein gebogenen Nase, den dunklen schwärmerischen Augen der melancholische Charakterzug seines Volkes um die Lippen, dem weichen Organe die harte Aussprache des Deutschen, dem männlichen Auftreten die feinen Formen eines polnischen Cavaliers einen eigenthümlichen Reiz. Aber mit Burg möchte ich Roman nicht vergleichen."

„Er ist nur Pole," sagte der Kreishauptmann, „Burg ist mehr."

„Das ist es," bekräftigte der Hauptmann. „Roman wächst auf mit polnischen Junkern, er jagt, reitet, ficht, seine Kenntnisse empfängt er auf einem Jesuitengymnasium und kehrt auf seinen Edelhof zurück, um wieder zu jagen, zu reiten und jetzt noch zu spielen und zu lieben — das ist der Bildungsgang eines polnischen Edelmanns. Dagegen Burg — sein Vater ist ein böhmischer Beamter, seine Mutter die Tochter eines ruthenischen Landpfarrers — in Galizien ist er geboren — hier lernt er reiten, schießen, aber an der Wiener Hochschule hörte er berühmte Lehrer, er studirte nicht blos das Recht, er studirte Oesterreich, die Welt, die Menschheit."

Der Kreishauptmann hatte fortwährend zustimmend genickt.

„Gewiß, Kenntnisse und Fähigkeit haben ihn nicht minder als

sein Muth, seine Thatkraft in dem Aufstande von 1846 mit 28 Jahren zu dem Posten eines Kreiscommissärs erhoben. Burg ist ein seltenes Talent."

„Er ist mehr — er ist ein Charakter," rief Karola.

„Prächtig, mein Mädchen," jauchzte der alte Soldat. „Wir knallen morgen mit der Peitsche und holen uns den Fuchspelz, dem Alten zum Trotze."

„Ist denn Roman nicht auch ein Charakter?" widersprach die Hausfrau.

„Burg ist ein Charakter," behauptete der Hauptmann, „der das Gepräge eines Stammes weit überragt — ein Charakter, wie ihn das ceremonielle England, das frivole Frankreich, das spießbürgerliche Deutschland nie hervorbringen kann."

„Er hat sich zwei seltene Eigenschaften bewahrt im beweglichen Leben," sprach Karola; „die Wahrheit — die Freude an der Arbeit — da ist nie die Absicht, Andere irre zu führen, da ist keine Spur einer Selbsttäuschung, Einbildung, Sentimentalität. Da ist die Phrase verbannt wie die Lüge, die Schmeichelei wie ein Betrug, und doch ist sein Auftreten das eines vollendeten Edelmannes; aber ihn adelt sein warmes Herz!"

„Prächtig, prächtig!" versetzte der Hauptmann.

„Karola! ich verstehe Dich nicht" — warf die Mutter hin.

„Ich verstehe Sie!" — sagte der Hauptmann.

„Auch ich" — nahm der Kreishauptmann das Wort, „kann ihn mit Roman nicht vergleichen, welcher täglich seinen Gang durch die Wirthschaft macht, die Schriftstücke seines Mandatars durchsieht und dann zu Pferde steigt. Burg arbeitet. Streben, Arbeit, Thätigkeit ist ihm das Leben, nicht die einförmige Arbeit eines Tagelöhners, nicht die planlose Thätigkeit eines unruhigen Geistes. Er ist der Mann, fremdem Glauben wie Gedanken, fremdem Leben gerecht zu werden, aber für sich ist er fertig — er hat starke politische und sittliche Ueberzeugungen, wie sie nur Menschen eigen sind, welche von einer Idee ganz beherrscht werden. Was ihm jeden Tropfen Blutes erfüllt — ist Oesterreich."

„Herr Potocki", meldete der Landdragoner.

Der junge Edelmann trat ein.

Karola fühlte ihre Wangen flammen, sie griff unwillkürlich nach der Zuckerzange und begann die Schalen mit Zucker zu versehen; aber der alte Soldat hatte sich auf den Divan gesetzt und zog sie unerwartet auf seinen Schooß. — „Der wird dein Mann", flüsterte er ihr in das Ohr.

„Wer?"

„Burg."

„Hauptmann, lassen Sie mich los."

Seine Antwort war ein derber Kuß.

„Pfui wie das kratzt!" — sie machte sich los.

„Das ist der alte Schnurrbart", erklärte der Hauptmann.

Es klopfte; diesmal kam Ritter von Burg.

Mittlerer Größe, mager, das Gesicht scharf gezeichnet, war er beinahe häßlich zu nennen, aber wenn die gute Laune seine Lippen und Wangen färbte, wenn der Eifer eines begeisterten Gemüthes aus seinen Augen sprühte, konnte er gefallen, entzücken, verführen.

„Guten Abend!"

Die Gesellschaft erwiederte seinen Gruß.

Rasch setzte er sich in den Lehnstuhl, rückte ihn zu dem Divan, faßte des Hauptmanns Hand und drückte sie herzlich, dann suchte sein Auge Karola.

„Haben Sie mir die österreichische Geschichte gebracht?" — rief Karola über den Tisch.

„Nein!"

„Nein?"

„Sie lesen sie ohnehin nicht." Damit nahm er seinen Thee. — Der Pole beugte sich zu dem Fräulein.

„Sie wenden ja den Blick nicht von Karola — ist das erlaubt?" — flüsterte der Hauptmann Burg zu.

„Studien, Hauptmann, Studien!"

„Gehen Sie mir, Sie begreifen endlich auch, daß das ein prächtiges Weib gibt, jetzt ein Buch, jetzt eine Flinte in der Hand — an dem Nähtische die Schürze vor der Brust und im Pelze in dem Schlitten."

„Ich erinnere mich unseres Gespräches letzthin."

„Sie haben mich bekehrt" — fiel der Hauptmann ein. — „Ich gebe Ihnen zu, daß gerade in den nicht deutschen Ländern, vor Allem in Böhmen, Mähren, Schlesien, Galizien, Oesterreich seine stärksten Knospen treibt."

„Beobachten Sie," bat Burg, „Mutter und Tochter, welche Gegensätze! Die alte Dame ist noch ganz Teutsche, aber auch bei ihr der deutsche Typus Oesterreichs — Tirols — schon durch den Schnitt des Gesichtes vor dem ausländischen ausgezeichnet, das ist Leben, Blut; sehen Sie aber erst die Tochter, sie ist schon Oesterreicherin. Da ist kein nationales Wesen mehr, es ist eine aus der Fülle von Physiognomien unseres Klein=Europa; von einem Vater slavischen Blutes und einer deutschen Mutter auf galizischem Boden geboren, von einer polnischen Amme gesäugt, mit den Nationalspeisen Galiziens aufgefüttert, ist sie, welche als Kind polnisch, als Mädchen erst deutsch sprach, weder Deutsche noch Polin, sie ist Oesterreicherin vom Kopfe zum Fuße. Sie hat Etwas wie Weltbürgerthum in ihrem Aeußern, ihrem Wesen, ihrem Benehmen. Wo ist da die deutsche Eckigkeit? Welche Kraft und Elasticität zugleich zeigen ihre Formen, ihre Gestalt, welch' sprühendes Leben in diesem classisch gebildeten Gesichte, welche Milde, welche Gluth, in den tiefblauen Augen, welche Energie neben Anmuth, Witz, Munterkeit."

„Freilich! Freilich!" lachte der Hauptmann, indem er Burg auf das Knie schlug — „und wie die prächtigen blonden Haare unsere Königin krönen."

Das Fräulein bediente sie mit Backwerk. „Burg, unterhalten Sie uns — Sie sind übler Laune."

„Ich?" — erwiederte er leichthin aber nicht ohne Ernst — „im Gegentheile, denn ich bin einer Verschwörung auf der Spur."

Der Kreishauptmann lachte.

Der Hauptmann rückte dem Kreiscommissär näher — Karola erbleichte.

„Er beginnt uns zu unterhalten", spottete der Kreishauptmann. „Ich finde diesen Scherz nicht am Platze" — bemerkte seine Gemahlin.

„Es ist kein Scherz", entgegnete Burg ruhig und stellte seine Schale auf den Tisch. „Ich lache nicht und sehen Sie, Herr Potocki lacht auch nicht."

„Also erzählen Sie", stürmte der Hauptmann.

Der Kreishauptmann lachte. „Seit dem Jahre 1846 sieht er überall Hochverrath. Mich täuscht er nicht. Ich kenne den polnischen Adel. Verschwörungen sind ihm, was uns Haustheater und Whist=partien."

„Galizien ist ruhig", bestätigte Roman — „der Adel blutet noch an den Wunden, die ihm das Jahr 1846 geschlagen, man schießt Wölfe, knieet vor den Damen, kreuzt mit den Männern die Klingen, spielt und läßt fleißig die Korke springen."

„Bei Gott," entgegnete Burg scharf, „es ist gut so; das System, das die Beherrschten einschläfern sollte, hat die Regierenden eingeschläfert. Ich sehe die Metterniche, Sedlnitzky's springen wie Korke. Es lebe der Champagner, der sie treibt."

„Mäßigen Sie sich."

„Nur Geduld — hier in Galizien wird sich dieses System zuerst rächen. Dem polnischen Adel macht man den Hof, weil er viele Ahnen und schöne Frauen hat — der gilt als das Volk — wie in Ungarn — wie überall — was unter dem steht, wer wird das einer Aufmerksamkeit würdigen? Wir suchen Freunde, wo wir sie nie finden werden, und haben einen Anhang, wo die Regierung sich nie Mühe gab, ihn zu schaffen. Denn was hat sie für Galizien gethan? — Was hat sie, besser gesagt, gethan, um Galizien dem Kaiserreich zu sichern? — Nichts — und dennoch hat das Volk, das polnische wie das russinische, vor zwei Jahren unerwartet für den Kaiser die Waffen erhoben. — Warum? — Gott sei Dank, war das alte Polen, waren die polnische Verfassung, die polnischen Gesetze und Zustände so faul, so schlecht, so verzweifelt, daß die einfache Einführung der österreichischen einen Umschwung in allen Zweigen hervorrief. Es war eine Revo=

lution, welche das Aufpflanzen der Adler Oesterreichs auf diesem Boden hervorrief — sie allein hat uns dieses Volk erobert — das ist das Verdienst Oesterreichs, nicht der Regierung."

„Sie beleidigen die polnische Nationalität!" rief Roman, indem er sich erhob.

„Wahrheit kann wehe thun, nicht beleidigen," entgegnete der Andere rasch. „Waren die polnischen Verhältnisse etwa glorreich?"

„Nein! Die polnische Nation hat jedoch im Jahre 1831 eine Wiedergeburt gefeiert."

„Bestreite ich dies?"

„Zum Whist, meine Herren!" unterbrach der Kreishauptmann und geleitete seine Gemahlin zu dem Spieltische.

Karola nahm Burg unter den Arm und führte ihn zu Roman.

„Reichen Sie einander die Hände, Sie fühlen beide wie Männer für Ihr Volk — geben Sie sich die Hände!"

„Ich höre das erstemal von einem österreichischen Volke," warf Roman höhnisch ein.

Burg zog die dargebotene Hand zurück; sein Auge flammte. „Es gibt ein österreichisches Volk," sprach er heftig. „Haben Sie das Jahr 1846 vergessen? Entfalten Sie die Fahne der Empörung, und Sie werden heute wie damals sehen, daß es in Galizien ein österreichisches Volk gibt."

„Zum Whist!" rief der Hauptmann.

Burg verbeugte sich kalt und eilte an den Spieltisch. Karola winkte dem Polen; er folgte ihr in das Nebenzimmer.

„Sie beleidigen Burg," sprach sie beinahe heftig. „Sie wissen, daß er mir werth ist — sehr werth." —

„Ich hasse ihn, weil Sie ihn lieben."

„Mein Herr!" entgegnete Karola stolz, „ich habe Ihnen gesagt, daß ich Sie liebe, zweifeln Sie daran, so muß auch ich daran zweifeln."

„Geliebte!" rief der Pole in seiner melodischen Sprache und küßte ihre Hände, „wie eine Heilige werde ich Sie auf den Knien verehren, so lange ich lebe. Sehen Sie mich zu Ihren Füßen, verzeihen Sie!"

„Ich verzeihe Ihnen, stehen Sie auf!"

Roman blieb knien, die Hände erhob er wie betend zu dem Fräulein. „Sie lieben mich, werden Sie meine Frau!"

Karola trat zurück wie erschreckt. Der Pole stand auf.

„Sie wissen es, ich nehme Theil an einer ernsten gefährlichen Verschwörung. Treten Sie jetzt mit mir vor den Altar. Wenn ich einmal den Säbel gegen Ihren Kaiser gezogen habe, dann wird Ihr Vater nie einwilligen, daß Sie die Gemahlin, sei es des Bürgers Polens, sei es des Landesflüchtigen werden."

„So könnte der Pole handeln. Sie schmähen meinen Vater — schieben Sie ihm nicht ein Wesen unter, das nicht das seine ist. Mein Vater wird den Feind Oesterreichs bekämpfen, aber den Polen hassen — nie! Wenn der Oesterreicher den Polen hassen und verachten sollte, dann müßte auch ich Sie hassen und verachten, denn auch ich bin eine Oesterreicherin!"

Als Karola dies sprach, leuchtete ihr Auge; sie warf die reichen Wellen ihres Haares aus dem glühenden Gesichte und bot dem Polen die Hand, die er stumm an sein Herz drückte.

„Dennoch, Roman, gehöre ich Ihnen, dem Polen — dem Feinde Oesterreichs — und wenn Ihre Fahne im Kampfe fliegt, werden meine Gebete Sie begleiten wie meine Fahne."

„O Geliebte!" rief der Edelmann. „Dein Gebet wird mich begeistern; mein armes zertretenes Vaterland wird sich erheben und siegen."

Begeistert zog Karola ihn an sich, kühn schlang er den Arm um ihren Leib, um ihren Nacken, und hauchte den Kuß auf ihre blühenden Lippen. Sie aber überlief es, und sie stützte sich auf die Polster des Divans, um nicht zu sinken.

„Ich muß sogleich mit Ihrem Vater sprechen.

Das Mädchen lehnte sich mit geschlossenen Augen zurück und winkte ihm zu gehen.

Er trat in den Saal an den Spieltisch, während sie, das Tuch vor das flammende Gesicht gepreßt, die Mutter in das Nebenzimmer zog. Hier eröffnete sie ihr, was der klugen Frau längst kein Geheim=

niß war. Sie gab ihr freudig den Segen, eilte in den Saal, winkte ihrem Manne und trat mit ihm in ein Fenster.

Die Spieler legten die Karten auf den Tisch. Der Hauptmann zeigte Roman Kartenkünste.

Burg sprang vom Sessel auf; er sah Karola in der Thüre stehen und trat zu ihr. Das Mädchen trocknete sich die Augen.

„Was ist Ihnen, mein Fräulein?" fragte er.

Karola ergriff seine Hand und drückte sie innig, antwortete jedoch kein Wort.

Da rief die Mutter den Edelmann. Karola bebte.

Burg ließ die Hand des Fräuleins los. „Sie gehört einem Anderen," murmelte er und trat zurück.

Freudig rief nun der Kreishauptmann: „Meine Kinder! da habt Ihr meinen Segen. Hauptmann! Burg! Herr Potocki und Karola sind hiermit Verlobte."

Das war jetzt ein Segnen und Weinen und Glückwünschen.

„Sie wünschen mir nicht Glück?" sprach Karola schüchtern zu Burg.

„Nein," antwortete dieser gelassen.

„Champagner, Frau! Champagner!" schrie der Hausherr.

„Wenn ich den Toast mittrinken soll," rief Burg, die Uhr in der Hand, „ich habe Eile."

Der Hauptmann trällerte sein Liedchen.

„Der Verschwörung zu Ehren!" lachte der Kreishauptmann.

Glühende Röthe übergoß Karola's Wangen.

Burg entgegnete gleichgültig: „Auch der Herr Bräutigam wird bald Abschied nehmen."

„In der That," stammelte Potocki.

Der Champagner kam. Der Hauptmann brachte den Toast auf das Brautpaar aus.

„Mein Glas der Zukunft!" rief Burg.

Der Pole beugte das Knie vor seiner Braut und führte ihre Hand an die Lippen.

„Nur nicht sentimental," flehte der Hauptmann.

Eben küßte Roman den Eltern die Hände und empfahl sich.

Während diese ihn begleiteten, hielt Karola Burg zurück, sie preßte die Hand vor die wogende Brust, ihre Lippen bewegten sich, aber sie brachte keinen Laut hervor.

„Warum zittern Sie, schöne Braut?" sprach Burg fest.

„Sie verstehen mich nicht, Burg!"

„O, ich verstehe Sie, Karola, Sie mich auch, und wir werden uns immer besser verstehen. Sie zittern für Roman. Sie zittern, weil Sie wissen, wohin er geht."

„Das weiß ich nicht," flüsterte Karola. Sie hielt sich an einem Stuhle, um nicht in die Knie zu sinken.

Heftig erwiederte Burg: „Dann war ich wieder aufrichtiger als er."

Er schlang seinen Arm um das zitternde Mädchen, führte es zum Divan und sprach: „Ich werde über ihn wachen, Karola!"

Das Fräulein preßte das Tuch vor die Augen und bot ihm die Hand. Er küßte sie mit fröhlichem Lachen.

Da kam der Kreishauptmann zurück, todtenbleich — die Zeitung in der Hand.

„Burg!" rief er, „ich fange an, an die Verschwörung zu glauben — Paris ist im Aufstande — Ludwig Philipp hat abgedankt."


II.

In dem Edelhofe von Bielce saßen die greise Herrin und ihr Sohn Roman am flammenden Kamin. Zu ihren Füßen schlief der zottige Wolfshund, indeß sie beinahe mechanisch die schwarzen Steine des Dominos zusammensetzten. Die Mutter sah, wie unruhig der Blick des Edelmannes zwischen dem Spiele und dem Zifferblatte der massiven Rococouhr wechselte, sie warf die Steine zusammen und sprach, das Auge unverwandt auf ihn gerichtet:

„Was ist Dir? Nur Deine Hand ist bei dem Spiele."

„Verzeihe! ich dachte an Karola."

Die Mutter schüttelte den Kopf. „Du täuschest mich nicht. Was ist Dir? Was beschäftigt Dich, mein Roman? Es muß etwas unheimlich Ernstes, etwas Großes sein, das die heitere Seele meines Kindes so verwandelt hat. Was ist es?"

„Böse Laune, Mutter," erwiederte er, stand auf und schritt durch den Saal.

„Böse Laune?"

„Mein bestes Pferd ist krank."

„Es wird das sein," entgegnete die Herrin, „auch hat das Hündchen da den Husten, und zu Mittag hast Du ein Salzfaß umgeschüttet. Nichts Anderes. O Roman! glaubst Du mich so leicht zu täuschen? Wenn es böse Laune ist, was eben die alte Uhr zu einem Magnet für Deine Blicke macht, dann frage ich, wie kommt es, daß Du seit Wochen nicht mehr lachen kannst? Du entgehst mir nicht, Dein Pferd ist erst seit gestern krank."

„Mutter!"

„Ist nicht Karola Dein? Habe ich Dich nicht gesegnet? Und doch die Stirne umwölkt, und doch wie Kummer um die Lippen? Willst Du früher Hochzeit halten?"

„Meine gütige Mutter, glaube mir, es ist ein Hauch nur, der über meine Seele glitt. Es liegt in der Luft, Mutter! Der Februar hat böse Erinnerungen gebracht. O, mein Vater!"

„Auch er fiel unter den Sensen der Bauern. Friede seiner Seele!"

Sie verhüllte ihr Gesicht.

Da tönte in der Ferne ein Schuß und noch einer.

„Was ist das? Du bist bleich geworden, Roman!" rief die Herrin und erhob sich hoch und gebieterisch. „Was bedeuten diese Schüsse?"

„Ich will sehen," erwiederte Roman rasch. —

„Bleib!" herrschte sie ihm zu und ließ sich wieder in ihrem Armsessel nieder; „komm' zu mir!" und schob ihm mit dem Fuße ein Polster zu.

Roman kniete auf demselben nieder, während die Mutter die Hand auf sein Haupt legte.

„Sieh mir ins Auge, mein Kind! Du hast ein Geheimniß vor mir. Wende nichts ein, ich weiß es. Warum reitest Du so oft nach

Busk — selten zu Karola? Warum wird nicht mehr gespielt, wenn Kaminski Dich besucht? Warum versammeln sich die Edelleute?"

„Weil wir ..."

„Weil Ihr Euch verschwört!"

Roman zuckte zusammen.

„Ich wußte es," murmelte sie. „Weil ich Dich liebe, besorgtest Du, das Gespenst von 1846, das mich schreckt, möchte deine Absichten durchkreuzen; vergiß nie, daß ich es war, die den Knaben Roman von seinen Spielen weg in diesen Saal führte, wo ich ihm von Polen, seiner Größe, seinem Ende erzählte. Sprach ich nicht zu Dir: sieh hier Polens Helden, Sobieski, Kosciuszko, dort Deine Ahnen, ihr tapferer Arm kämpfte für das Vaterland, auch Du wirst für die Freiheit fechten. Sei treu dem Freunde, furchtbar dem Feinde!"

Bei diesen Worten erhob sie sich mit einer Hoheit, welche sie dem jungen Manne zu ihren Füßen wie eine hohe Priesterin erscheinen ließ.

Roman küßte ihre Hände.

„Ja Mutter, den besseren Theil meines Selbst danke ich Dir, die Liebe zu dem verlorenen Vaterlande. Verzeih', ich wollte den Abend Deines Lebens nicht trüben. Wenn ich für mein Volk kämpfte, war ich ja Deines Segens gewiß."

„O Du Böser!" lächelte die greise Herrin; „um der einen Sorge willen sollte ich nicht mit Euch hoffen für das Vaterland, sollte nicht mein Herz über Dich jauchzen?"

„O Mutter!" sprach Roman bewegt, „was ich bin, dazu hat mich Dein Kuß schon in der Wiege geweiht."

Die Herrin drückte ihn zärtlich an ihr Herz.

„Und Du wirst mir Alles sagen?"

„Alles."

„Wie erkläre ich mir Deine Unruhe?"

„Wir erwarten heute Nacht einen Emissär."

„Und die Schüsse?"

„Ich fürchte, sie bedeuten nichts Gutes, sie galten ihm und jenen, die ihn führen ..."

In diesem Augenblicke wurde die schwere Eichenthüre mächtig auf=

gerissen und ihre Blicke flogen dem Manne entgegen, der wie gebannt auf der Schwelle stehen blieb.

In der Erscheinung dieses Mannes lag nichts Außerordentliches. Der Wolfshund hob den mächtigen Kopf und ließ ihn wieder beruhigt auf die breiten Tatzen niedersinken, denn der Mann gehörte zu dem Hause wie die Ahnenbilder an den Wänden, oder die alten Diener in der Gesindestube. Der schwarze Merinokaftan, die kleine runde Sammtmütze, die silbergrauen Löckchen an den Schläfen und der weiße Bart, der über die Brust herabfloß, ließen den Juden nicht verkennen.

Löwy Moises war seit mehr als fünfzig Jahren der Factor des Hauses von Bielce. Er hatte alle Geschäfte des alten Herrn besorgt und diente auch dessen Witwe, wie dessen Sohne mit aller Klugheit und Treue. Ohne ihn konnte kein Getreide verkauft, wie kein neuer Ofen gesetzt werden, er brachte Roman seine Liebesbriefe und den Dienstleuten geschwärzten Tabak.

Heute aber trug er keine gesuchte Waare, kein wohlriechendes Briefchen; vergebens kämpfte er mit seiner Aufregung. Er stand ruhig, den Blick auf Roman gerichtet, aber sein Auge glühte und seine Lippen bebten.

Auch Roman war bei seinem Eintritt leidenschaftlich aufgesprungen.

„Du weißt, was die Schüsse bedeuten?" sprach die Herrin rasch.

Der Jude wandte den Blick nicht von dem Herrn. Der rief heftig: „Sprich! sie weiß Alles."

„Die Schüsse galten mir," erwiederte der Greis ruhig.

„Bist Du verwundet?"

„Bah, sie schießen schlecht!" Der Alte spuckte aus. „Er ist über der Gränze."

„Der Emissär?"

„Wer sonst!"

„Du hast ihn geführt?" sprach die Herrin, und sah ihren Factor staunend an.

„Ja Herrin," entgegnete der und schlug sich vor die Brust, „und wenn Sie mich gleich vor die Thür jagen, und hab' ich eine Sünde gethan, so soll mir Gott verzeihen, ich konnte nicht anders. Wenn mein leibliches Kind gefleht hätte: Vater Moises, thue es nicht — ich hätte es gethan. Wenn Sie gesehen hätten den Herrn, wenn Sie ihn ge=hört hätten, wie er den alten Juden gebeten hat. Es kann Ihnen den Kopf kosten, sprach ich, aber er wollte es. Es sind fünfundzwanzig Jahre, da habe ich ihn auf dem Arme getragen, und weil er nicht reden konnte, so faßte er mit seinen Händchen meinen Bart, zauste ihn und lachte und jetzt.... Jude! weil Du kein Volk hast, so hast Du kein Herz; hat er gesagt. O, wenn der Jude kein Volk hat, so hat er doch ein Herz!"

„Du braver Alter!" rief die Herrin und streckte ihm die Hand entgegen.

„Lassen Sie, gnädige Frau," sprach er, „es ist geschehen." Dann wandte er sich zu Roman: „Die Herren liegen im Walde, jetzt geben Sie mir Pferde."

Roman zog die Glocke und befahl, sie zu satteln.

„Wie kam es, daß man auf Dich schoß?"

„Der Kaminski hat den Emissär geholt, ich habe sie geführt auf meinen Wegen bis in den Wald, dort kann der Fremde nicht mehr fort, er sinkt zu Boden, ich verberge sie, wo sie keiner findet und laufe hieher. Am Waldesrande ruft es mich an. Ich fasse mir ein Herz und renne, sie schießen, mich faßt die Angst, ich renne, renne immer fort, und da bin ich."

„Und die Anderen?"

„Warten am Kreuze. Der Kaiserlichen sind wenige, ich rette die Herren; es ist ein Schneesturm, daß man nichts sieht auf zwanzig Schritte."

„Was willst Du thun?" wandte sich die Edelfrau zu ihrem Sohne.

„Mutter," erwiederte er, „Du sprachst: sei treu dem Freunde; ich werde die Patrioten nicht verlassen. Ich reite mit Dir, Moises!"

„Sie dürfen nicht, Herr," jammerte dieser, „Sie dürfen nicht; mein Gott! mein Gott! es kostet Ihnen den Kopf!"

„Wagst Du nicht auch den Deinen? Der Jude will ein Patriot sein und der Pole soll seinen Bruder verlassen?"

„O Herr! ich bin kein Patriot," rief der Jude; „was ist mir Pole oder Kaiserlicher? Was ich thue, thue ich für Sie, für das Haus."

„Du wunderbarer Jude," sprach die Herrin, „wir dünken uns Helden, was wir für unser Volk, für Polen wagen, opfern, und Du bietest Deinen Leib den Kugeln für fremde Menschen, Christen!"

„Lassen Sie," sagte der Alte, „es ist geschehen; muß doch ein Jeder haben, was er liebt. Sie lieben Polen ... was ist mir Polen? Der Jude kennt das nicht, was Sie Volk nennen. Wir sind zerstreut über den Erdboden, so ist mir ein Mensch wie der andere, wenn er nur ein ehrliches Herz hat und einen klugen Kopf!"

„Die Pferde sind gesattelt," meldete der Kosak.

Roman steckte ein Paar reichverzierte Pistolen in die Brusttasche.

Die Mutter gab ihm ihren Segen, dann eilte er hinab, ihm nach der alte Jude.

Die greise Herrin aber warf sich nieder vor dem Bilde des Ge= kreuzigten und betete.

---

### III.

Der Wald von Bielce zieht sich mehre Stunden zwischen Busk und Bielce gegen die russische Gränze hin. Mitten durch denselben führt die Poststraße zu der Kreisstadt. Im Walde, an der Straße, unweit von Bielce, steht ein roh gezimmertes Kreuz zum Andenken eines grauenvollen Mordes.

Dort hielten jetzt im fürchterlichsten Schneesturm zwei Reiter. Der eine sprang ab und schlich zwischen den Bäumen an dem Rande der Waldstraße hin. Wenige Augenblicke, und er kam athemlos zurück.

Der Andere verstand seine heftigen Bewegungen.

„Die Kaiserlichen kommen?"

„Ja Herr! ... es gilt."

Der Jude stieß einen kurzen, schrillenden Pfiff aus.

„Sind die Beiden zu Pferde," flüsterte er, „holt sie Niemand ein."
Ein Pfiff aus dem Walde antwortete.
„Da sind sie!"
Kaminski kam, den Emissär führend, aus dem Dickicht.
„Schnell zu Pferde!" rief der Jude, indem er Roman's Arm ergriff.
Kaminski fluchte: „Alle Teufel! der arme Junge wäre mir beinahe erfroren. Vorwärts!"
Der Emissär versuchte das Pferd zu besteigen. „Ich kann nicht," murmelte er.
Die Edelleute stützten ihn.
„Er ist wie ein Stück Eis," betheuerte Kaminski.
„Ich höre Hufschläge, es kostet Ihnen den Kopf," jammerte der Jude.
Kaminski sprang in den Sattel.
„Laßt mich zurück," sprach der Emissär und lehnte sich an das Kreuz.
„Ich nicht," antwortete Roman und schlang den Arm um ihn.
Der Emissär sah ihm mit einem seltsamen Ausdruck in das Auge. Wilder Muth, Schmerz und Hoffnung sprühten in diesem Blicke durcheinander.
Es war noch ein Jüngling, ein schöner Kopf mit seltenem Ebenmaß der Züge, aber die Blässe des Todes bedeckte jetzt sein Antlitz und das schwarze Haar ringelte sich wild bis auf die Schulter herab.
„Da sind sie," schrie Kaminski und gab seinem Thier die Sporen.
„Rette Dich! ihm nach!" rief der Emissär und ein weltverhöhnendes Lachen zuckte über sein Gesicht.
Roman zog als Antwort seine Pistolen aus der Tasche.
„Halt! im Namen des Kaisers!" schrieen die beiden Reiter im Heransprengen.
„Weh' uns," winselte der Jude, dabei suchte er den Herrn von Bielce mit seinem Leibe zu decken.
Dieser faßte den Emissär mit starkem Arm und zog ihn zu seinem Pferde.

Auf der Waldstraße kam in diesem Augenblicke ein dritter Reiter heran, es war Busk.

Die Oesterreicher feuerten ihre Karabiner ab, die Kugeln pfiffen um Roman's Kopf. Da blitzte auch sein Lauf. Das Pferd des ersten sank in die Knie, das andere scheute und warf mit einem gewaltigen Satze seinen Reiter in den Schnee.

„Jetzt heilige Mutter Gottes steh' uns bei!" rief Roman, schwang sich in den Sattel, riß mit Hilfe des Juden den Emissär zu sich auf den Hals des Pferdes und sprengte davon, eben als Busk an dem Kreuze anlangte.

„Gott sei ihm gnädig!" murmelte Moises und verschwand im Wald.

„Nach Busk! zu Stephanie!" stöhnte der Jüngling, indem er sein Haupt an Romans Brust lehnte, „sie nur kann mich retten."

Der Edelmann bohrte seinem edlen Rosse die Sporen in die Flanken, daß es schäumend dahin jagte.

Es war ein wilder Ritt; der Schnee stob auseinander, Eisstücke flogen zu beiden Seiten aus ihrem Wege; der Bauer, an dem sie vorüberbrausten, schlug ein Kreuz und warf sich auf den Boden, und glaubte, daß die höllische Jagd vorbeirase.

Vor Busk steigt die Straße sanft in die Höhe. Hier hielt Roman sein rauchendes Roß an und blickte zurück.

Das Gestöber hatte aufgehört, der Mond goß sein volles Licht über die düstere Landschaft aus. Weithin war kein Verfolger zu sehen. Roß und Reiter holten Athem.

„Wir sind gerettet," sprach der Emissär und drückte Romans Hand leidenschaftlich an seine Lippen.

Dieser zog sie unwillig zurück, da traf ihn der Blick des Jünglings so flammend, daß er verwirrt das Haupt zurückwarf.

„Wir sind gut geritten," bemerkte er gleichgültig, „dort liegt das Schloß von Busk."

Er setzte sein Pferd in Galop und sprengte bald darnach durch das weitgeöffnete Thor in den Schloßhof, denn wenige Augenblicke vorher hatte hier Kaminski stürmisch Einlaß begehrt.

Er war eben abgestiegen, während durch sein Lärmen und Fluchen aufgeschreckt die majestätische Herrin von Busk, von Lichtern und Dienern umgeben, das Antlitz bleich und streng wie eine Antike, die Treppe herabkam.

Ihre stolzen Lippen, schon geöffnet, den Unglücksboten in's Verhör zu nehmen, stießen einen Freudenschrei aus, als ihr Auge den Emissär erblickte.

Dieser sank vom Pferde an ihren Hals. Kaminski zog sich beschämt zurück.

„Du hier?" lachte Roman.

„Ehe ich wieder eines Deiner Pferde besteige," erwiederte Kaminski ärgerlich, „muß ich meinen Hals versichern lassen, die Bestie ist mit mir durchgegangen."

Ein helltönendes Lachen antwortete von allen Lippen.

Die Herrin von Busk befahl, das Thor zu schließen; der Castellan beeilte sich, an dem Thore aber blieb er stehen und starrte hinaus.

„Sie kommen! sie kommen!" schrie er auf einmal und warf sich händeringend der Herrin zu Füßen; „sie kommen, sie töbten uns!"

„Wer?" rief es durcheinander.

„Die Soldaten."

Man sah wirklich in der Ferne einen Trupp Reiter, welcher mit unheimlicher Schnelligkeit herankam.

„Rettet Euch," schrie Kaminski.

Hohnlachend wandte ihm der Emissär den Rücken.

„Du bist gerettet," sprach Stephanie und drückte einen Kuß auf die Lippen des Emissärs. Dann trat sie gebieterisch unter die Rathlosen. „Stecken Sie Ihre Pistolen ein, Roman! Kaminski, zu Pferde!"

Beide gehorchten schweigend.

„Reiten Sie, wir werden die Kaiserlichen aufhalten, bis Sie einen Vorsprung haben."

„Aber der Emissär?" wandte Kaminski ein.

Stephanie grüßte ihn, statt zu antworten, lächelnd mit der Hand, und er sprengte mit einem kräftigen polnischen Fluche auf den Lippen davon. Die Herrin von Busk wandte sich zu Roman.

„Sie bleiben an dem Thore und halten die Kaiserlichen auf — wir brauchen nur wenige Augenblicke."

Noch ein Blick — ein Wink — ein Wort der Dienerschaft, dann eilte sie mit dem Emissär die Treppe hinauf. Die Lichter, die Diener verschwanden, Roman stand allein.

Um unbefangen zu erscheinen, zündete er sich eine Cigarre an und lehnte sich an das Thor. Seltsame Gedanken, seltsame Gefühle bewegten ihn.

Indeß hoben sich die Gestalten der Reiter von der beschneiten Straße und dem grauen Winterhimmel immer deutlicher ab. Es war ein halbes Dutzend Landdragoner, einen Mann in Civile an der Spitze. Sie kamen im Galop heran.

Der im Civile — es war Burg — ritt mit drei Mann vor das Thor, während die Anderen um das Gebäude sprengten und dasselbe umstellten.

„Sie suchen?" fragte Roman, indem er Burg kalt grüßte. Er streifte nachlässig an dem Thorhaken die Asche seiner Cigarre ab, doch schlug ihm dabei das Herz bis an den Hals hinauf.

„Ich suche einen polnischen Emissär," entgegnete Burg, welcher den Gruß erwiedert hatte, ruhig.

„Welch' ein Verdacht!"

„Ich bedauere, aber ich werde das Schloß durchsuchen. Indeß bitte ich, ungestört Ihre Cigarre weiter zu rauchen."

Nachdem er an dem Thore eine Wache zurückgelassen, stieg er im Hofe ab und mit zwei Landdragonern die Treppe hinauf.

Roman fieberte vor Erwartung.

Endlich kam Burg zurück. „Diesmal können Sie lachen," sprach er.

„Mit Ihrer Erlaubniß," erwiederte der Pole und lachte höhnisch.

„Herr!" sprach der Beamte und legte seine Hand auf die Schulter des Edelmannes; „danken Sie Ihrer Heiligen, daß ich Sie nicht in Ketten auf das Kreisamt bringe." Dann schwang er sich in den Sattel und jagte mit seinen Leuten davon.

## IV.

Triumphirend empfing Stephanie den Herrn von Bielce in dem reichgeschmückten Saale ihres Schlosses. „Ist er fort?" fragte sie und erhob sich lachend von dem sammtenen Divan.

„Sie lachen?" antwortete er. „Was waltet hier für ein Geheimniß? Lösen Sie mir das Räthsel, sonst werde ich verrückt."

„Ich hexe und verwandle. Sehen Sie selbst!"

Roman's Auge heftete sich auf den Eingang. Eine Thüre klang, es rauschte durch das Nebenzimmer und der Emissär stand vor ihm: eine olympische Frauengestalt in lichtem Seidengewande und prächtiger pelzbesetzter Sammetjacke. Stolz warf sie den schwarzen Lockenkopf empor und flammend trafen ihn die großen, schwarzen, siegreichen Augen.

Die Dame des Hauses stellte vor: „Roman Potocki — meine Freundin Waleska."

„Ja, das ist das Flammenauge," murmelte er, „das ist die stolze, höhnische Lippe .. der wilde Junge ist ein kühnes Weib geworden ... das Märchen ist vollkommen ... Sie habe ich im Walde auf mein Pferd gehoben, bei dem tollen Ritte an meine Brust gedrückt?"

Waleska spottete: „Ich bin es, die Revolution im Gefolge. Der Thron Ludwig Philipp's ist gestürzt ... Frankreich eine Republik." Dann bot Sie ihm die Hand. „Sind Sie noch einmal versucht, mir Ihr Leben zu opfern? ... ich weiß Besseres damit anzufangen, als die Oesterreicher im Schießen zu üben."

Wie Roman seine Hand in ihre legte, wie er, während Hohn um ihre Lippen spielte, ihre Hand in seiner zittern, wie er ihren Athem fühlte, so nahe in dieses dunkle räthselhafte Auge sah — da kam es über ihn — seltsam, unbegreiflich, unbezwingbar, und er ahnte eine Gewalt dieses Auges über sein Geschick, unerklärlich wie die Macht der Sterne; es war ihm, als sollte er diese Hand festhalten, aber für diesmal war sie ihm bald entschlüpft.

„Ist jetzt das Räthsel gelöst?" fragte Stephanie, während sie ihre Gäste einlud, Sitze zu nehmen.

„Noch nicht ... wir erwarteten einen Emissär ... wozu im Walde von Bielce der Schnürrock, im Schlosse von Busk die Pelzjacke?"

„Weil die Polen für ihr Vaterland sterben, aber nicht schweigen können," warf der Emissär im Seidenrocke ein.

Stephanie nahm lebhaft das Wort: „Es war ihr Gebot, ich weihte nur die vornehmsten Patrioten ein — Sie, Kaminski und Lozinski — doch auch für Sie war es ein Emissär, den Sie über die Gränze geleiten — auf galizischem Boden sollte er sich in ein Weib verwandeln und auch Ihren Blicken entschwinden."

„Es war mein Gebot," sagte Waleska, „so war ich vor Entdeckung sicher."

„Und doch verrathen, und doch dem Tode nah," sprach Roman düster.

„Es ist mein Schicksal!"

Roman fuhr fort: „Burg ist auf Ihrer Fährte, wie auf unserer, der Verrath hat Sie umsponnen, wie wollen Sie ihm entgehen?"

„Ich bin Stephanie's Cousine, Frau Alexandra — wollen Sie meinen Paß sehen? Ich bin die Frau der modernen Ehe, die jeden Morgen sterben und jeden Abend sich unterhalten will, und fürchte mich vor Politik wie vor dem Tode."

„Sie wagen mehr als das Leben," sprach der Edelmann. „Ihre Mission könnte einen Mann schrecken."

„Bin ich nicht ein Weib?" entgegnete lebhaft der Emissär, und ordnete vor dem Spiegel die Fülle seiner Locken.

„Bei Gott!" rief Roman, „ein seltsames, wunderbares Weib!"

„Kennen Sie das Märchen vom verlorenen Dasein?" sprach Waleska und warf sich in die Polster einer Ottomane. „Ich will Ihnen eine Geschichte erzählen. Es war einmal ein Weib — wollen Sie dessen Bild? Sehen Sie in diesen Spiegel."

Sie zeigte auf ihr Bild in demselben.

„Als Kind schwang es sich auf den Rücken wilder Pferde, es

schoß den Wolf, den Adler, seine Gedanken waren gewaltig wie die Bäume des Urwaldes, seine Gefühle durchsichtig wie die Seen des Gebirges."

„Und jetzt," sagte Roman, „ist dieses Weib ein unheimliches Räthsel, wie der Tod! Wer wird es lösen?"

Waleska sah ihn lange an, dann fuhr sie fort: „Da trat ein Mann in mein Leben," — sie ballte die Faust — „ich liebte diesen Mann, ich wurde sein Weib. Die Liebe mag oft ein Traum sein, die Ehe ist immer ein Betrug. Das waren Jahre des Elendes, des Verrathes! Da machte ich zufällig eine Bekanntschaft — es war die meine — — ich erzog mich selbst. Mir gönnte ich keine Täuschung, keine Eitelkeit, keinen Traum, aber ich lernte mich fälschen den Anderen gegenüber. So wurde ich stark und riß mich los von ihm. Jetzt war ich ein Weib — ein Weib, das Leidenschaften weckte — selbst unbeweglich, ich hatte die wilde Natur in mir bezwungen, wie ich Pferd und Wolf bändigte. So herrschte ich über mich und fühlte eine Majestät in mir, wie Jene niemals, welche über Andere herrschen. Sie können für Ihr Vaterland kämpfen, ich kann mehr, ich kann lügen, mein Antlitz fälschen wie mein Wort, mit meinem Fußtritt selig machen und mit Küssen morden. Glauben Sie mir!"

„Ich glaube an Sie, wie unser Volk an den Satan," entgegnete der Edelmann. „Seltsames Weib, Lüge und Begeisterung in einer Seele! man muß sich vor Ihnen beugen, — kann man Sie auch lieben?"

Waleska sprang auf und sah Roman an von oben bis unten. „Wollen Sie den Versuch wagen?"

„Ich wage ihn," antwortete er.

Sie standen sich Auge in Auge gegenüber. In diesem Augenblicke klopfte es leise an der Thüre.

Auf den Ruf der Herrin öffnete sich dieselbe etwas und herein schlüpfte Löwy Moises, der Factor von Bielce. Mit der Linken schürzte er seinen Kaftan, mit der Rechten hob er ein Schreiben empor. „Was geben Sie mir, Herr, für diesen Brief?" fragte er leise, nachdem er tief Athem geholt hatte, und sah triumphirend die Anwesenden an.

„Gib her," antwortete der Edelmann und langte nach dem Briefe. Doch der Jude zog entsetzt die Hand zurück: „Bei Gott dem Gerechten, Sie ruiniren mich. Lassen Sie mich erzählen!"

„Rasch!" fiel Waleska ein.

Nachdem er vorsichtig die Thüre abgesperrt hatte, begann der Jude, indem er die Daumen in den Leibgürtel schob und vergnügt mit den Fingern seinen Bauch klopfte: „Herr, an wen ist der Brief? He! Rathen Sie! Sie werden nicht errathen! Sehen Sie die Adresse — keine Adresse."

„Was ist das für ein Brief?"

„Der Brief ist an den Herrn von Burg."

„Es wird Licht," rief Waleska.

„Lassen Sie mich reden! Wie Sie reiten aus dem Walde," erzählte der Factor mit jüdischer Lebhaftigkeit in Wort und Geberde, renne ich zu der Schänke des Dotteles am Waldesrande. Da liegt der Dotteles krank, und wie er mich kommen sieht in die Stube, schreit er: ‚Moses, Du treuer Mann! Dich hat Gott gesandt!' und schickt die Leute aus der Stube, spricht dann leise: ‚Schwör' mir, Moses, zu übergeben den Brief,' dabei zog er den Brief aus der Brust hervor. Ich schwöre ihm, zu übergeben den Brief. Da spricht er: ‚Gott sei gelobt, wär' ich doch bald gestorben vor Angst, daß der Herr den Brief geschickt, ich soll noch heute geben den Brief und bin geschlagen mit Krankheit.' Ich aber frage den Dotteles, an wen ist der Brief? ‚An Herrn von Burg.' Wie ich aber frage, von wem ist der Brief?" fuhr der Jude fort und drückte pfiffig das linke Auge zu, „da ist der Dotteles taub geworden und stumm, und hat mir gewinkt zu gehen. Wie ich gehe, hat er weh' geschrien, ich soll nur laufen mit dem Briefe, und wenn der Kreiscommissär gibt zwei Thaler, soll der eine gehören mein, und der andere sein. Der Moses aber ist feiner als der Dotteles, — er denkt in seinem Kopfe, einen heiligen Schwur hast Du müssen leisten — und der Dotteles wollte nicht reden — und die zwei Thaler — und der Kreiscommissär war im Walde mit den Landdragonern — und da ist der Brief."

„Du treue Seele," sagte Roman gerührt.

„Mir den Brief," sprach Waleska.

„Um Gotteswillen, machen Sie mich nicht unglücklich! ich habe geschworen zu übergeben den Brief, und werde ihn geben."

Ungeduldig stampfte der Emissär: „Ich muß ihn haben!"

„Sie sollen ihn haben," beschwichtigte der Factor.

„Wir müssen ihn lesen," drängte die Herrin von Busk.

„Sie sollen ihn lesen," lachte der Jude.

„Ohne das Siegel zu brechen?"

„Lassen Sie ihn, Roman," versetzte Waleska.

Moises drückte die Augen zu; „die Dame versteht es auch." Dann zog er ein feines Werkzeug hervor. Mit Hilfe desselben öffnete er den Brief über einem Lichte und reichte ihn mit spöttischem Behagen dem Emissär in der Pelzjacke.

„Lesen Sie", bat Roman aufgeregt.

„Mein Herr! —"

„Nur leise", flehte der Jude.

„Mein Herr! Ich glaube, der Emissär wird, wenn Sie diese Zeilen erhalten, in Ihren Händen sein. —"

„Elender", murmelte Stephanie.

„Morgen", las Waleska weiter, „ist Versammlung in Busk — das heißt Conspiration dansante. Es wird lange Gesichter geben wegen des Emissärs. Lassen Sie die Gesellschaft ihre Pläne ausspinnen. Uebermorgen wissen Sie Alles. Ich brauche Geld."

„Wie nenne ich das? —" — rief Roman.

„Verrath? das Wort adelt diese Handlung."

„Die Unterschrift?"

„Keine Unterschrift!"

„Die Schrift?"

„Ist mir nicht bekannt", sagte Stephanie.

Dasselbe bemerkte der Edelmann.

Waleska ging im Saale auf und ab, ihre Augen funkelten, ihre Brust flog. „Der Verräther ist unter uns", rief sie. „Wie ihn bekommen?"

Der Jude hatte den Brief lange betrachtet, dann flüsterte er: „Sie sollen ihn bekommen."

„Jude! Goldjude! Wie?"

„Warten Sie! Warten Sie!" fuhr er fort und wiegte seinen Kopf hin her; „ich glaube diese Schrift zu kennen."

„Wer ist es?"

„Ich beschuldige Keinen. Es laufen viele Wechsel mit dieser Schrift. Morgen sollen Sie einen haben — sie sind sehr billig."

„Kauf um jeden Preis, Alter!"

„Ich kenne ihn, ich könnte darauf schwören, aber ich thue es nicht." Damit schloß er mit seltener Fertigkeit den Brief, küßte den Herrn von Bielce auf den Arm, beugte sein Knie vor den Frauen und schlich davon, geheimnißvoll, schattenhaft, wie er gekommen war.

Waleska legte die Hand auf die Schulter des Edelmannes. „Ich spiele die moderne Frau, bis der Verräther in meiner Hand ist. Bis dahin verlassen Sie Busk nicht. Ihr Wort."

„Sie gebieten über mich", antwortete er hastig, „nur gestatten Sie mir einige Zeilen an die Frau, welche im Schlosse von Bielce für mich betet."

„Dann sind Sie mein?"

„Ihr Sclave —!"

Rasch nestelte sie ein Band los und warf es wie eine Schlinge um Roman's Hals. „Gefangen!" lachte das schöne Weib, er aber zitterte unter der Berührung ihrer Hand und berauschte sich an ihrem Athem.

Plötzlich trat sie zurück und fragte: „Schon gefesselt?" indem sie eine goldene Kette emporhob, die sich um seinen Nacken schlang.

„Es ist das Bild meiner Braut", entgegnete Roman und dunkle Röthe übergoß sein Antlitz.

„Ist sie schön?"

Der Edelmann nahm es herab und reichte es ihr; Waleska sah es schweigend an und gab es zurück. „Jetzt sind sie mein Sclave", sprach sie. „Sie werden am Morgen zu Kaminski fahren, er muß schweigen über die Ereignisse dieses Abends, so wie über meinen Aufenthalt und damit die Agitation im Gange bleibt, den Patrioten ein Schreiben des Emissärs übergeben."

Stephanie stand an dem Fenster. „Es dämmert weit im Osten. — Gehen wir zur Ruhe. — Ihr Zimmer ist bereit. — Gute Nacht." Der Edelmann verbeugte sich, die Damen rauschten davon.

In dem Zimmer, das man ihm anwies, hingen zwei große Bilder an der Wand. Das eine zeigte die Liebesgöttin, die sich vor dem Sonnenbrande unter ein Laubdach geflüchtet, glühende Blumen schmiegen sich zärtlich an den schlanküppigen Leib, Tauben spielen mit ihren goldenen Flechten. Auf dem anderen sah man Judith, wie sie, wilde Begeisterung im dunkeln Auge, in der Rechten das breite Schwert des Feldherrn, den Vorhang von dem Bette des Holofernes hebt.

Der Gegensatz beider Bilder weckte in Roman's Brust Verwandtes, Ungelöstes. Wie er das Auge schloß, traten die Frauenbilder von Lebenswärme glühend aus dem Rahmen. Das war Karola von Tauben geküßt und Waleska, welche, das bleiche Antlitz von dunklen Locken umwallt, ihr majestätisch gegenübertrat. Ihr wilder Blick drohte der Liebesgöttin, ihr reizend musculöser Arm hob das Schwert des Holofernes über Karola's Haupt und warf es mit dämonischem Lachen vor Roman's Füße.

---

## V.

Früh am Morgen bestieg Roman den Schlitten. Es war der erste Dienst dem verlorenen Vaterlande und dessen Boten. Als er von seiner Sendung zurückkehrte, war es Nacht geworden.

In dem Saale des Schlosses von Busk klangen die schwermüthig feurigen Weisen des Polentanzes und die Paare flogen im Mazur durch den glänzend erleuchteten Raum.

Der Herr von Bielce suchte nur eine unter den glänzenden adeligen Gestalten, welche sich hier zu Vergnügen und Verschwörung versammelt hatten.

Er hatte sie schnell in einem Kreise ritterlicher Männer und froher schöner Frauen entdeckt. Sie erschien unter ihnen ein Bild der Demuth, nur eine seltsame Unruhe im Blicke verrieth den genialen

Emissär. Dieses Flammenauge blickte wie das Auge einer Madonna, es war, als könne der Mund voll dämonischer Beredtsamkeit nur lachen, die königliche Stirn nie von einem finsteren Gedanken umwölkt worden sein; diese vornehme Gestalt schien für den Saal geschaffen, ihr Fuß nie den weichen Teppich verlassen zu haben.

„Diese Frau ist eine Göttin", lispelte in diesem Augenblicke eine beinahe weibliche Stimme in sein Ohr.

„Das habe ich vor Dir bemerkt".

„Ich bitte Dich — lasse diese Bemerkung Deine letzte sein, Dir die Rose in dem Starostenschlosse, mir die Lilie von Busk."

„Du wirst poetisch, ich gehe durch —"

„Nicht ehe Du mich vorgestellt hast." Beinahe heftig faßte er Roman's Arm.

Jan Lozinski war ein junger Mann mit dem Wuchse und dem Gesichte eines Tocke, den zierlichsten Händen und Füßen, sanften blauen Augen und zierlich gekräuseltem blonden Haare und Bart. Er sprach wie ein Mädchen, den Frauen gegenüber war er ein Held. Er behauptete sich auch Auge in Auge mit Waleska, lispelte, witzelte, kicherte und hatte bald ihren Fächer erobert. Schon saß er auf einem Schemel zu ihren Füßen und sie lachte zu ihm herab.

Dann führte er sie zum Tanze.

Jetzt wählten die Damen. Waleska tanzte mit Roman. „Folgen Sie mir", flüsterte sie.

Roman fand sie in ihrem Ankleidezimmer.

„So spät?" rief Waleska, indem sie ihre Locken über das Holz zog. „Sie werden mich aufgeregt finden. Der Jude kommt nicht."

„Die Frauen fühlen, was wir nicht errathen, nicht erforschen können," entgegnete der Edelmann. „Der Verräther ist unter uns. Haben Sie keine Ahnung?"

„Keine — und der Erfolg Ihrer Sendung?"

Während sich das königlich schöne Weib von ihm die Handschuhe knöpfen ließ, berichtete Roman: „Kaminski hat, ohne verfolgt zu werden, ohne Verdacht zu erregen, sein Gut erreicht und dasselbe seitdem nicht verlassen."

„Hat er seiner Frau gebeichtet?"

„Nein. Er bittet vielmehr, auch ihr gegenüber von seinen Thaten zu schweigen; er wird das Geheimniß bewahren. Den Brief des Emissärs wird er überbringen. Ich erwarte ihn jeden Augenblick."

„Es ist gut," sagte Waleska, „wir müssen zu der Gesellschaft."

Im Saale schwiegen die Geigen und der Cymbal; es hatten sich die Edelleute um den Divan der Herrin von Busk versammelt.

Herr Kos, ein lustiger dicker Gutsbesitzer von altem Schlage, schrie: „Die vergangene Nacht ist ein Emissär der Emigration über die Gränze gekommen, das werdet Ihr mir nicht ausreden."

„Ihre Quelle?" fragte Stephanie.

„Meine Quelle ist der Landdragoner Jaslmkovicz — dem —"

Lautes Lachen unterbrach den Redner.

Gekränkt fuhr er fort: „Lacht meinetwegen, ich weiß es doch, ich gebe ihm Tabak und er erzählt mir dafür die Neuigkeiten, und er war dabei, wie der Kreiscommissär im Walde zu Bielce und in diesem Schlosse auf den Emissär Jagd machte."

„Das können wir bezeugen," sagte Waleska, „tief in der Nacht trieb uns Burg aus den Betten."

„Wie ungalant diese Beamten sind," eiferte Lojinski.

„Besonders die Kreiscommissäre," fiel Kos ein.

Man lachte.

„Haben Sie keine Vermuthung über das Schicksal des Emissärs?" lispelte Lojinski und beugte sich zu Stephanie.

„Ich fürchte, ein neues Opfer!"

Lojinski rang seine Händchen. „Das ist das Schicksal Polens!" Ein tiefer Seufzer begleitete diese Worte.

„So sind wir wieder rathlos," sprach Stephanie; ohne Verbindungen mit der Emigration, mit den Patrioten gehen wir blind den Sensen der Bauern entgegen!"

Kos zupfte sich am Ohr.

„Die Bauern fürchte ich nicht," warf Roman ein, „wer sie früher zahlt, hat sie."

Lojinski nickte; dann flüsterte er: „Frankreich soll unser Stern sein; hat dort die Freiheit gesiegt, dann hoffe ich für Polen."

„Meine Herren!" rief Waleska, — „verschwören Sie sich ein andermal — heute übertönt die Geige des Juden die Klage um das getheilte Polen — finde ich keinen Tänzer?"

Lojinski führte sie zur Quadrille. Ihnen gegenüber tanzte Roman. Immer wieder entzog ihm der Reigen Waleska; er sah sie dann mit Lojinski Blicke wechseln, welche ihm in jedem ihrer Worte ein Todes= urtheil verkündeten, und was sie sprachen, kam über ihn wie Todes= nacht, Elend, Verzweiflung. Jetzt beugte sich Lojinski zu ihr. „Sie entkommen mir nicht, meine Gnädige! Ihr Glaubensbekenntniß! Ihr Glaubensbekenntniß!"

Sie wölbte höhnisch die Lippe. „Das Mädchen," sprach sie, „ge= hört in das Kloster oder in das Pensionat, die Frau in das Leben, sie ist Herrin, nicht Sclavin. Am Altare gibt ihr der Gatte mit seinem Ringe Freiheit, Leben, Liebe. Wenn sie Glück und Unglück mit ihm theilt als Mutter seiner Kinder, als Wirthin seines Hauses, darüber erkenne ich keine Pflicht."

„Ich finde Ihr Glaubensbekenntniß nicht eben christlich."

„Ist mein Evangelium nicht die Liebe? Leben und nicht lieben das ist der Tod der Seele."

„Sie sprechen dies aus, ohne zu zittern?"

„Zittern?" rief Waleska mit flammenden Blicken, „vor wem?"

„Vor jedem Manne, der Sie liebt."

„Den ich liebe, meinen Sie?" fiel sie rasch ein. „Sie irren, ich bin keine Frau, die sich vor ihrem Herzen fürchtet. Ich grüße die Liebe wie ein Unerbetenes, Unbegreifliches. Was ist das Leben?... Selbstsucht, Frevel, Sünde! Sie ist mir Andacht, Erlösung."

Lojinski hatte ihre Hand ergriffen. „O, Sie stehen vor mir wie die Allmacht," flüsterte er, „und ich bete Sie an."

In diesem Augenblicke führte die letzte Figur Waleska dem Herrn von Bielce zu. Er fühlte ihren Arm in dem seinen. „Roman," sprach sie leise, „Sie weichen mir aus."

„Ich fürchte Ihre Augen."

„Sie quälen mich," sagte sie heftig.

„Ich zittere vor dem Gedanken, daß ich es könnte."

„Sie lügen, Roman!" rief sie leidenschaftlich, „Sie würden jauchzen, wenn Sie mich leiden sehen würden. O! wenn Sie mich lieben würden mit einer weltverachtenden, sehnsuchtswilden Liebe, ich würde lachen und keine Gnade! bis Sie den Fußtritt segnen, den ich Ihnen gäbe."

Alle Sehnen mußte Roman spannen, um nicht zu zittern.

„Ich danke der heiligen Mutter Gottes," sprach er beinahe tonlos, „daß ich Sie nicht liebe."

„Dennoch," lachte sie mit wilder Freude auf, „ich werde Sie noch beseligt sehen durch meinen — Fußtritt."

Lachend kehrte sie zu ihrem Tänzer zurück.

Die Quadrille war zu Ende.

Jetzt trat Kaminski, welcher seit einigen Augenblicken an der Thüre lehnte, in den Saal. „Patrioten!" rief er und winkte mit einem Briefe.

Bald sah er die Edelleute, die Frauen um sich versammelt.

„Die Emigration bietet uns die Hand. Ihr Emissär ist diese Nacht über die Gränze gekommen. Ich habe ihn geleitet. Im Walde von Bielce stießen wir auf Landdragoner. Wir waren verrathen und verfolgt. Schon gab ich den Boten Polens verloren, doch ein Wunder hat ihn gerettet. Noch muß er sich verborgen halten — doch hier ist sein Brief an Euch."

„Her mit ihm, Bruder!" schrie Kos.

„Lies, lies!" rief es von allen Seiten.

Kaminski brach das Siegel.

„Patrioten," las er feierlich, „ich bin zu Euch gekommen, ein Bote des getheilten Vaterlandes, der Freiheit. Die Brüder in Paris, Warschau und Posen wollten mit Euch an einem Tage die Fahne mit dem weißen Adler entfalten und den heiligen Kampf beginnen gegen die heilige Allianz. Sie kennen Eure Absichten, nicht die Mittel, mit denen Ihr dieselben auszuführen beabsichtigt. Diese kennen zu lernen — Eure Bestrebungen mit denen in den andern Landschaften in Einklang zu bringen, bin ich gekommen. Der Verrath bereitete mir den Empfang und die Tyrannei begrüßte mich mit Pulver und Blei. Ihre Werk=

zeuge machen Jagd auf mich — sie haben im Augenblicke meine Fährte verloren, denn ich halte mich verborgen, wo es Niemand ahnt, wo es nur Einer weiß, und das ist mein Gott, der mich beschützt hat im Walde zu Bielce. Ich hoffe, daß der Augenblick nicht fern ist, wo ich erhobenen Hauptes unter Euch erscheinen kann. Bis dahin, Patrioten! müßt Ihr ohne mich wirken wie bisher. Es gilt, die Edelleute für die große Sache, die Ihr verfechtet, zu begeistern, die Diener zu gewinnen, die Bauern in Bewegung zu setzen. Das Letzte entscheidet das Schicksal unseres Unternehmens. Verachtet nicht den Bauer, hofft nicht, ihn im letzten Augenblicke zu bestechen; er ist das Volk — wendet Euch an sein Herz und sprecht mit ihm, wie der Bruder zu dem Bruder spricht. Vergeßt nicht das Jahr 1846, wir haben es nicht vergessen. Gott sei mit Euch."

„Landsleute," rief Lozinski mit jugendlichem Ungestüm, „das ist die Auferstehung unseres Vaterlandes!" und begeistert sang die Versammlung: „Noch ist Polen nicht verloren!"

Die Edelleute umschlangen sich. Die Frauen wehten mit ihren Tüchern.

Lozinski sah Waleska den Saal verlassen und folgte ihr rasch. Sie wandte mit einer stolzen Bewegung das Haupt. „Mich vertreibt die Politik," rief sie.

Lozinski dagegen flehte: „Nur einige Worte ohne Zeugen, gnädige Frau."

„Gut."

Im Nebenzimmer zog er sein zierliches Notizbuch hervor, warf mit Bleistift einige Worte auf ein goldgerändertes Blatt. Dasselbe riß er heraus und gab es Waleska.

„Verse!" lachte sie.

„Lachen Sie nicht, Ihr Lachen zerreißt mir das Herz," lispelte Lozinski.

„Ich lache nicht mehr," sprach Waleska fest, sie las — und las und ihre Aufregung schien bei jeder Zeile zu wachsen, ihre Lippen zuckten, das Blatt zitterte in ihrer Hand.

Leise wiederholte Lojinski:

>Mein Schicksal ruh' in deiner Hand,
>In Deiner Macht mein Leben.
>Du bist mir Gott und Vaterland,
>Dir hab ich mich ergeben.

„Sie schweigen," fuhr er mit steigendem Entzücken fort, „Sie zittern. Die Hoffnung bindet mir die Riesenschwingen unter. Ich wage den Flug und sei es ein zweiter Icarus." Er kniete vor ihr.

„Lojinski! — „Jan!" rief Waleska und eilte zu der Thür. „Wir sind allein."

Sie kehrte rasch zurück und faßte seine Hände. „O ich, ich kann noch lieben und hassen."

„Mein! mein!" jubelte Lojinski, „die Sterne möchte ich herunter= reißen von der blauen Himmelsdecke zu einer Krone für dies Haupt, denn Du bist meine Königin."

Sie beugte sich über ihn. „Ich erwarte Dich — morgen." —

„Wann meine Göttin?"

„Am Abend."

---

## VI.

Die Peitsche knallte, das letzte Mal erklangen die Glöckchen der mit Bändern und Federn prächtig geschmückten Pferde, und der Schlitten hielt vor dem Starostenschlosse. Roman Potocki, Herr von Bielce, stieg aus demselben. Er fand Fräulein Karola in dem Saale mit dem Hauptmann nach der Scheibe schießen. Er verbeugte sich gegen Beide.

Karola kam ihm entgegen und bot ihm die Hand, die er an die Lippen führte.

Der Hauptmann griff nach dem Hute. „Sie gehen, Haupt= mann?" fragte das Fräulein, „wollen Sie nicht die Rückkunft meiner Eltern abwarten?"

Der Hauptmann nahm ihre Hand, klopfte sie mit der seinen und sprach: „Kind! ich bin ein alter Soldat", blinzelte hinüber nach dem Bräutigam und ging.

„Roman, wir sind allein," sprach Karola.

„Das danke ich Gott und der heiligen Jungfrau," erwiederte Roman, „ich habe Ihnen Wichtiges zu sagen."

„Ich bin neugierig," entgegnete sie und legte das Pistol auf den Tisch. „Doch halt, früher eine kleine Ueberraschung." Sie hüpfte zu dem Sopha, über dessen Lehne eine polnische Frauenjacke geworfen war. „Beim Schießen ist mir so warm geworden, daß ich sie ablegen mußte," sprach sie, indem sie dieselbe rasch anzog.

So prächtig kleidete die Pelzjacke von blauem Sammet, mit kostbarem hellbraunen Edelmarder ausgeschlagen ihre schlanke Gestalt, ihre üppige Büste, daß der Pole bewundernd zurücktrat. „Bin ich eine Polenfeindin?" lachte Karola. Entzückt umfaßte Roman seine Braut und sie erwiederte seinen Kuß. Den Arm um sie geschlungen sprach er: „Fräulein! ich fühle es lebhaft, daß Sie die Gnade, welche Sie mir gewähren, auf mein Volk übertragen. Sie sympathisiren mit meinem Vaterlande, mit dessen Leiden und Thaten, dies erhöht meinen Muth wie meine Begeisterung, ich danke Ihnen auf meinen Knien dafür." Seine Stimme sank nun zu einem Flüstern herab: „Ernste Ereignisse bereiten sich vor. In Frankreich ist die Republik proclamirt, Italien wie Ungarn stehen auf der Schwelle der Revolution. Die österreichische Regierung wird trotz ihrer Wachsamkeit, ihrer Polizei, ihrer Spione, welche in Familien wie in öffentliche Körperschaften bringen, auch von uns getäuscht. Jenem Abende, wo Sie mir mit Ihrer Hand alles Glück der Erde gaben, folgte eine unheimlich ernste Nacht. Trotz Burg's Anstalten gelang es den Patrioten, einen Emissär über die Gränze zu bringen. Auch in unserem Kreise hat die Verschwörung begonnen. Dieselbe nimmt alle meine Kräfte in Anspruch, nur flüchtig werde ich bei Ihnen eintreten, kaum einen Kuß auf ihre Lippen drücken können. Werden Sie mir zürnen?"

„Roman! wie sollte ich? Würde ich Sie lieben, wenn Sie ein Mann wären, dessen Leben seine Wirthschaft, seine Jagd, dessen Geist ich ausfüllen würde? Weihen Sie sich der Erhebung Polens und wehe Ihnen, wenn Sie dies nicht mit ganzer Seele thun! Ich habe nur eine Bitte, Roman, wenn Sie Gefahren entgegengehen, ich will dieselben kennen; ich werde dann für Sie beten und ruhig sein."

„Sie werden jeden meiner Schritte sehen," betheuerte der Pole. „So nur kann ich fortfahren, Sie zu warnen, über Ihnen und Ihrem Unternehmen zu wachen."

Roman sah zu Boden. Langsam erhob er den Blick und fragte zögernd: „Wie weit ist Ihr Vater über unser Unternehmen unter=richtet?"

„So weit Burg ihn eingeweiht hat. Mein Vater weiß, daß ein Emissär über die Gränze kam, daß er bestimmt ist, die planlosen Um=triebe des galizischen Adels in Zusammenhang zu bringen."

„Ahnt er den Aufenthalt desselben?" fragte Roman.

„Burg scheint seine Spur verloren zu haben."

„Welche Maßregeln trifft Ihr Vater?" forschte Roman weiter.

„Keine, denn er glaubt nicht an die Verschwörung."

„Und die Regierung?"

„In ihren Kreisen lacht man über die Gefahr. Man tanzt in Lemberg bei dem Statthalter wie bei dem Staatskanzler in Wien."

Roman nahm beruhigt seine Conföderatka. „Ich muß scheiden," sprach er.

„So schnell?" sagte das Fräulein leise. „Jetzt eine Frage an Sie: bedroht Ihre Unternehmung nicht meinen Vater?"

„Sie bedroht nur seinen Kaiser."

„Nicht sein Leben, nicht seine Ehre?"

„Nicht sein Leben, nicht seine Ehre," erwiederte Roman. „Der Adel achtet ihn, und ich werde ihn beschützen."

„So gehen Sie! Gott sei Ihnen gnädig und seine Engel schützen Sie!"

Roman führte die Hand seiner Braut an die Lippen und eilte davon.

Als er einstieg, sah er einen Mann mit schnellen Schritten auf das Kreisamt zugehen. Es war Burg. Derselbe blieb stehen, ver=

folgte mit seinen Augen Roman's Schlitten, so weit er konnte, und trat dann in das Gebäude.

Als Roman sie verlassen hatte, schoß Karola rasch die Pistolen auf die Scheibe ab, lud sie, schoß wieder; dann prüfte sie die Scheibe, sie fand keinen ihrer Schüsse. Hastig schritt sie auf und ab, warf sich in einen Lehnstuhl, sprang auf, zog ihre Jacke aus und vor dem Spiegel wieder an. Dann setzte sie sich zu dem Clavier und spielte muthwillige Krakowiaks. Sie nahm die „Stunden der Andacht" zur Hand. Bald schlug sie das Buch wieder zu und preßte die Hände vor das Gesicht. Seltsam war es ihr zu Muthe. Wehmuth war über sie gekommen, Bangigkeit, und als ihr Herz ruhiger zu schlagen begann, verwandelte sich dies Gefühl in ein schmerzliches Unbehagen, von dem sie sich Rechenschaft geben wollte. Sie dachte an Roman. Sie dachte sich in dem prächtigen Schlitten mit ihm, sie fühlte sich von ihm umschlungen, von den herrlichen Pelzen bedeckt, Fuß an Fuß, Lippe an Lippe, und sie klatschte freudig in die Hände. Aber sie dachte weiter. Sie sah sich mit ihm die Treppe seines Edelhofes hinaufsteigen und in den Saal treten. Da war es ihr, als sei derselbe unheimlich groß, als müßte das Feuer im Kamine längst verlöscht sein. Alles schien ihr kalt, öde, drohend, fremd: die Räume, die Einrichtung, die alten Bilder und Waffen an den Wänden. Fremde Menschen sah sie, hörte sie sprechen und lachen, und sie hörte kein Wort der Sprache, welche ihre Mutter sprach. Sie floh auf dem Flügel des Gedankens in das Elternhaus, sie sah umher, wie um sich zu überzeugen, daß sie in dem wohlbekannten Zimmer sei. Auch hier schien ihr Alles sonderbar, als hätte sie es lange, lange nicht gesehen. Sie zwang sich, auf dem Sopha die Mutter zu sehen, die den Thee einschenkt, den Vater in dem Lehnstuhle, wie er die lange Pfeife raucht und erzählt, was ihn eben in der Welt, oder in dem Amte, oder in der Erinnerung am meisten beschäftigt. Da sah sie auch sich sitzen und jedes Wort, das die Feinde Oesterreichs im Lande traf, in ihr Gedächtniß prägen für den Mann, den sie liebte, und es überlief sie. Sie fühlte sich unendlich einsam. Sinnend stützte sie ihr Haupt in die Hand, und große Thränen traten in ihre Augen. Und jetzt nach vielen Tagen trat wieder das Bild des Mannes vor ihre Seele, welcher jetzt eben, den Kopf gesenkt, langsam die Treppe hinaufstieg. Aber sie wollte sich diesem Gedanken nicht gefangen geben. Sie stand auf, ergriff ein Pistol, lud es und zielte lange auf die Scheibe. Da öffnete sich die Thüre und Burg stand auf der Schwelle.

„Burg," murmelte Karola und senkte den Lauf.

„Ich bin es. Sind Sie allein?"

„Ja."

Burg trat ein und schloß die Thüre. Schwarz gekleidet schien er um so blässer. Er stellte seinen Hut auf den Tisch, zog rasch die Handschuhe aus, warf sie in den Hut, wies auf einen Sessel und ließ sich selbst in dem Lehnstuhle nieder. Karola nahm ihm gegenüber Platz.

„Näher," sprach er, und schob einen Sessel ganz nahe zu dem seinen. Sie stand auf und setzte sich zu ihm. Wie gebannt von seinem Blicke war sie allen seinen Winken bisher gefolgt. Das Pistol hielt sie noch in der Hand, die Linke preßte sie an das Herz.

„Mein Fräulein!" begann Burg, „ich komme, Sie zu retten."

Karola erblaßte. „Ich verstehe Sie nicht," sprach sie kaum hörbar.

„Sie werden mich gleich verstehen. Sie wollen die Gemahlin des Herrn Roman Potocki werden?"

„Ich bin entschlossen."

„Ich weiß es. Hören Sie mich weiter an. Der polnische Adel verschwört sich."

Karola zuckte unwillig die Achseln.

„Darüber bin ich vollkommen unterrichtet," versicherte Burg; „ich kenne die Ziele wie die Glieder und Mittel dieser Verschwörung. Roman Potocki ist an derselben betheiligt."

„Burg!" rief Karola.

„Es ist so," fuhr Burg fort, „geben Sie sich keine Mühe, mich zu täuschen. Vierundzwanzig Stunden gebe ich Roman Zeit, seine Verbindungen zu lösen. Er hat einen gefährlichen Emissär über die Gränze geführt, einen Soldaten meines Kaisers verwundet, ich kann ihn nicht weiter schonen."

Bewegt sah ihm das Fräulein in sein Auge. „Ich danke Ihnen; doch Sie kennen Potocki nicht. Mit einem heiligen Schwure hat er sich der Sache Polens verbunden. Er liebt sein unglückliches Vaterland mehr als sich selbst, mehr als mich," flüsterte sie und senkte ihr Haupt.

„Auch ich habe einen Eid geleistet," entgegnete der Beamte; „auch ich habe ein Vaterland, und ich liebe es. Meine Achtung für Potocki ist in diesem Augenblicke gestiegen. Wir stehen uns jedoch fortan als Feinde gegenüber. Da heißt es kämpfen, siegen oder sterben; das ist auch mein Schicksal! Doch welches ist das Ihre? Fräulein! es wird ein furchtbarer Kampf sein! Nicht ein Kampf zwischen dem Fürsten und seinem Volke! Nein! ein Kampf im Volke! Nicht zwischen meinem Kaiser und der Partei des alten Polens allein, sondern ein Kampf zwischen Adel und Landvolk, Bruder gegen Bruder!"

Karola erhob sich lebhaft. „Sie zweifeln, daß das Volk sich erhebt, wenn die Edelleute die polnische Fahne entfalten, wenn die Sturmglocke tönt?"

Burg entgegnete kalt: „Sie können trotz der Erfahrung von 1846 glauben, daß der Bauer sich bewaffnen wird für einen Staat, der ihn leibeigen unter das Joch des Edelmannes beugte und ihm kein Recht gab, als das, zu sein? Sie glauben, daß der Bauer gute Gesetze, Frieden, Wohlstand für Fußtritte, Parteikampf, Armuth tauschen wird? Vergessen Sie nicht, daß, so viel ihm Oesterreich gegeben hat, es ihm doch noch Etwas zu bieten hat, die Aufhebung der Robot."

„Die Regierung eines Metternich? Niemals!" sprach Karola, indem sie übermüthig den Kopf emporwarf.

„Da haben Sie Recht," erwiederte er; „aber dennoch weiche ich Ihnen nicht. Dieser Boden ist unser, mehr als jeder andere. Hier ist nicht Polen mehr, hier ist nicht Deutschland, hier ist Oesterreich!"

„Ich verstehe Sie nicht," sprach Karola; „Sie begeistern sich an Censur und Haselstock!"

Burg schüttelte den Kopf.

„Auch ich fühle etwas von dem, was Sie fühlen," fuhr sie fort, „weil ich das Kind eines kaiserlichen Beamten bin, weil ich darin aufgewachsen bin wie in einem Glauben, aber ich weiß nicht, warum."

„Aber ich weiß es," entgegnete Burg so heftig, daß sie zurücktrat.

Er stand auf und schritt auf und ab. „Ich hasse das Oesterreich," rief er, „das früher Tausende auf den Scheiterhaufen der Inquisition sandte, jetzt in den Kasematten seiner Festungen begräbt; ich hasse das Oesterreich, das die Freiheit und die Bildung Deutschlands sowie Italiens in Ketten legte; ich hasse das Oesterreich, daß sich von Büreaukraten regieren läßt; aber ich liebe das Oesterreich, das, der Welttheil im Kleinen, so viel fremde jugendliche Stämme durch die Bande gemeinsamer Interessen, wie der Gesellschaft und Gemeinde, zu einem Staate verbindet, vor dessen Majestät sich einst das Festland beugen wird; ich liebe das Oesterreich, das seit Jahrhunderten für die Civilisation ringt, das ihr Schild war gegen Magyaren, Mongolen, Türken und das ihr Schwert sein wird; das seine Heere in ihrem Dienste nach dem Osten senden wird, seine Wissenschaften und seine Arbeit, erobernd und befreiend, denn die Civilisation allein ist Freiheit!" Bei diesen Worten erschien er geisterhaft feierlich, sein Antlitz noch bleicher, wie vom Monde beleuchtet, sein Auge größer, dunkler, prophetisch verklärt. „Ich sehe blutige, aber schöne Tage kommen," fuhr er fort. „Niemand ahnt sie. Weder jene, die herrschen, noch jene, welche sich gegen ihre Herrschaft verschworen. Der Bauer wird seine Sense gerade nageln und mähen und mähen, bis die Ernte gelohnt hat und die Ernte wird heißen: Aufhebung der Unterthänigkeit, der Robot. Und der Bürger wird seine Werkstatt, der Arbeiter seine Arbeit verlassen, und eine bessere Arbeit zu thun in den Gassen und der Erlös dieser Arbeit wird heißen: Freiheit des Glaubens, des Wortes und der Schrift, Theilnahme des Volkes an der Regierung." Er lachte auf. „Verzeihen Sie, mein Fräulein, Sie werden glauben, ich spreche im Fieber. Fühlen Sie meinen Puls, er schlägt ruhig. Sie werden sich noch einmal meiner Worte erinnern."

Burg schwieg eine Weile, dann trat er zu Karola und faßte ihre Hand. „Warum haben Sie diese Hand dem Polen gegeben? Diese Verbindung gebiert Verhältnisse, die niemals Glück bringen, weil sie unnatürlich sind, und widersinnig. Der Widerspruch reizt uns, aber ihn zum Gesetz erheben, heißt nicht die Natur aus ihren Angeln heben, sondern uns selbst in die Luft setzen. Ich bedauere Sie."

Karola fächelte sich mit ihrem Sacktuche; ihre Wangen glühten.

„Sie werden amusant," bemerkte sie spöttisch.

„Ich wiederhole es. Mir ist es leid um Sie . ."

„Und warum? wenn ich fragen darf."

„Ich werde Ihnen beweisen, daß ich keine Ursache habe, Sie zu beglückwünschen," sagte Burg. „Sie lieben ihren Vater, Ihre Mutter, dieses Haus, das sind tausend Bande, welche Sie umschlingen. Die Bilder der Großeltern wie der Doppelaar vor dem Hause; das Gesicht des Landdragoners, wie das Soldatenliedchen, das der alte Hauptmann trällert. Sie lieben dieses Haus, Sie lieben ihre Familie, den Kreis von Freunden, Bekannten, der sich daran schließt, weil Sie in dem Allen groß geworden sind, weil Sie davon erfüllt, weil Sie selbst ein Theil davon sind. So ist es mit Oesterreich. Es umgibt Sie überall wie die Luft, die Sie athmen; es webt um Sie und in Ihnen, und Sie sind damit verwoben so innig, so fest, daß Sie sich verbluten, wenn Sie sich losreißen wollen. Sie wollen sich ein neues Vaterland gründen, wie ein neues Haus, wie eine Familie. Vater und Mutter können Sie verlassen, aber nicht das Land, das Sie geboren hat; Sie können vergessen, was Sie umgab in der Wiege, in der Kinderstube und bis zum Trau=Altare; aber das Volk, das Ihr Volk ist, das Ihre Sprache spricht und dessen Sitte Ihre Sitte ist, werden Sie nie vergessen. Täuschen Sie sich nicht. Sie wollen leben unter Menschen, deren Fluch Ihr Gebet ist. Sie wollen leben, wo Sie keinen weißen Rock sehen und keinen schwarzgelben Schlagbaum, das können Sie nicht, Ihr Leben ist ungesund, unmöglich."

„Beweisen Sie es!" rief Karola.

„Sie beweisen es. Sind Sie nicht selbst in Zwiespalt?"

Das Fräulein erröthete.

„In was für Conflicte gerathen Sie!" fuhr Burg fort. „Die Verschwörer sind über alle Maßregeln des Kreisamtes, der Regierung unterrichtet. Durch wen? — Durch Sie, Karola! Sie verrathen das, was Ihr Leben ist, Ihre Welt an den Polen, dessen Küsse Sie berauschen."

„Unverschämt!" rief Karola, sie zitterte am ganzen Leib.

„Ist es nicht so?" fragte Burg zornig. „Und wenn Sie ernten würden, was Sie säen, würden Sie verzweifeln!"

Karola senkte den Blick und schwieg. Burg trat in die Tiefe des Fensters und sah hinaus. Es war Abend geworden. Er starrte in die Dunkelheit und trommelte mit den Fingern auf der Scheibe. Mit bebender Lippe, zorngeröthet, fragte jetzt Karola: „Sie nehmen mich in das Verhör wie ein Inquisitor, mit welchem Rechte thun Sie dies?"

Burg wandte sich rasch zu dem Fräulein. „Ich werde Ihnen dies sagen. Sie lieben in diesem Augenblicke einen Polen, und glauben, auch sein Land, sein Volk, seine Bestrebungen zu lieben, und hoffen das Glück zu erobern, indem Sie dieselben nach Kräften fördern. Das ist krankhaft und kann nicht von Dauer sein."

„Vielleicht doch; ich werde mich bemühen, Polin zu werden! Ja, Sie sehen, ich habe bereits angefangen." Sie wies auf ihre Pelzjacke und zielte mit dem Pistol in die Luft.

Burg verbeugte sich spöttisch. „Allen Respect vor Ihrer Pelzjacke, wie vor Ihren Pistolen; aber warum sollen Sie sich nicht auch als die Frau eines Oesterreichers prächtig kleiden und eine Waffe gebrauchen lernen? Wir sind in einem Lande, wo wir es uns selbst, wie unserem Staate schuldig sind, zu imponiren auf jede Weise."

„Mein Herr! Ihr Recht! wo ist Ihr Recht, mich abzukanzeln?" rief Karola.

Ruhig sah er dem Fräulein in das Auge und sprach: „Dieses Recht gibt mir die Liebe, ich liebe Sie!"

Karola trat betroffen zurück, dann lachte sie laut auf.

„Ich liebe Sie", wiederholte Burg, „Sie wissen es längst."

„Das wußte ich nicht", murmelte sie.

„Ich liebe Sie; aber ich fühlte es, Roman müsse vor mir kommen, Ihre phantastische Laune sättigen. Sie glauben, Sie lieben ihn? Sie werden ihm gehören? Nein, Karola, Sie sind mein, und Sie werden mir gehören als mein Weib."

„Niemals!" rief sie leidenschaftlich und streckte ihm die Hand abwehrend entgegen.

„Und dennoch! Und wenn Sie zu spät gefunden, als die Frau eines Andern!"

„Das ist zu viel!" rief Karola und hob das Pistol gegen Burg's Brust.

Er lachte. Das Fräulein senkte den Lauf und wies ihm die Thür. Er nahm den Hut.

Als er über die Schwelle war, eilte ihm Karola nach. „Burg!" rief sie in höchster Erregung, „Burg!" und warf die Waffe weg.

Er kam zurück. Sie preßte die Hand an ihr Herz; ihre Pulse flogen und sie ließ ihren Thränen freien Lauf. „Warum verachten Sie mich?" fragte sie mit einem Tone, der in sein Herz schnitt.

Burg nahm sie bei den Händen, sah ihr voll Liebe in die tiefblauen Augen und sprach: „Ich verachte Sie nicht. Ich verachte nur die Selbsttäuschung. Sie lehrt uns und Andere betrügen und führt zu einem unseligen und verlorenen Dasein. Sie behaupten sich, darum achte ich Sie. Sie werden sich aus diesen Träumen losringen und Ihr Leben wird groß sein und gesund."

Tief verbeugte er sich und entfernte sich rasch. Karola blieb stehen, die Arme auf der wogenden Brust gekreuzt, den thränenfeuchten Blick auf die Thür geheftet, in der er verschwunden war; aber ihre Lippe lachte und flüsterte: „Er liebt mich!"

---

## VII.

Spät am Abend kam Roman nach Busk zurück. Die Damen saßen mit Pozinski im Saale.

„So spät?" tönte es von den Lippen der Hausfrau dem Eintretenden entgegen.

„Ah, der zärtliche Bräutigam," begrüßte ihn spöttisch Waleska.

Potocki küßte ihre Hand und ließ sich an ihrer Seite nieder. „Noch keine Sehnsucht nach meinem Tritte?" flüsterte sie und spielte mit ihrer Fußspitze. Roman verneinte.

Lozinski nahm das Gespräch, das der Eintretende unterbrochen hatte, wieder auf. Er verfocht mit einem großen Aufwande von Gelehrsamkeit die Vorzüge der polnischen Pelzjacke vor allen Kleidern Europas. Dann behauptete er mit nicht geringerem Eifer, sie kleide nur eine Frau, deren Schönheit Majestät, und fand endlich, Waleska habe diesen Abend den Anzug gewählt, welcher ihr vor jedem anderen entspreche. Waleska trug eine prächtige Pelzjacke der Herrin von Busk. Roman nahm schweigend den Czaj, den ihm Stephanie gereicht. Er bemerkte eine ihm unerklärliche Vertraulichkeit zwischen Waleska und Lozinski, welche ihm das Blut in die Wangen trieb. „Endlich," murmelte er, als dieser sich erhob und seine Mütze nahm.

„Du bleibst hier, Glücklicher," sagte Lozinski. Als er sich über Waleska's Hand beugte, um sie zu küssen, lispelte er: „Grausame, beim Abschiede versprachen Sie mir einen Schicksalsspruch — Gnade oder Tod!"

Waleska erwiederte leise: „Gnade, und noch diese Nacht; wenn die Schloßuhr Mitternacht schlägt, erwarte ich Sie in meinem Zimmer. Mein Fenster in den Garten hinaus wird Ihnen ein Armleuchter mit drei Kerzen bezeichnen, ich werde Ihnen selbst die Strickleiter hinabwerfen."

Lozinski verbeugte sich ehrfurchtsvoll und verließ den Saal, nicht ohne Roman einen triumphirenden Blick zuzuwerfen.

In diesem Augenblicke meldete die Zofe, daß der Factor Löwy Moises im Vorzimmer sei und den Herrn von Bielce zu sprechen wünsche. „Herein mit ihm," rief Waleska.

Der Jude begegnete Lozinski in der Thüre, verbeugte sich vor ihm mit seltsamem Lächeln, und blieb dann am Eingange stehen. Scheu sah er sich um. „Ist er fort?" fragte er.

„Ja! Hast Du den Wechsel?" fragte Waleska rasch.

„Gewiß," entgegnete der Jude und zog ihn aus dem Kaftan.

„Mir den Wechsel!" rief Waleska heftig, riß dem Juden das Papier aus der Hand, warf einen Blick hinein und verbarg es in ihrem Busen. „Zahle!" sprach sie zu Stephanie, „und Du schweige!" Sie nahm den Juden bei Seite, flüsterte ihm einige Worte in das Ohr und er nickte zustimmend mit dem Kopfe.

Auf Stephanie's Wink folgte ihr der Factor in das Nebenzimmer, wo diese ihm den Wechsel zahlte und ihm befahl, sich um Mitternacht im Schlosse vor Waleska's Thüre einzufinden.

Waleska sah Roman forschend an. „Sie mißtrauen mir?" sprach sie ruhig.

„Ich sehe nur, daß Sie sich mit Lojinski unterhalten."

„Welch' abscheulicher Verdacht! Dieser Mensch ist mir verächtlich, lächerlich."

Roman zuckte die Achseln.

„Verurtheilen Sie mich nicht, jetzt noch nicht!" bat Waleska.

„Verurtheilen?" erwiederte Roman, „mit welchem Rechte? Wer hat mich zu Ihrem Richter berufen?"

Lächelnd legte sie die Hand auf sein Herz. „Wie das tobt und zittert. Roman! das macht Sie zu meinem Richter! Verurtheilen Sie mich nicht ... Sie sind nicht gerührt? ... Ah! warum rege ich mich darüber auf, daß Sie mich schuldig sprechen?" Sie trat zurück und maß den Edelmann mit funkelndem Blicke vom Kopf bis zum Fuße. „Lachen soll ich ... lachen! Sie sprechen mich schuldig, weil Sie zittern, daß ich es sein könnte — und bin ich schuldig, so schießen Sie sich eine Kugel vor den Kopf."

Roman war abwechselnd roth und blaß geworden.

Er erwiederte rasch: „Sie irren sich."

„Nun, über die Todesart wollen wir nicht streiten, aber ich habe Ursache, zufrieden zu sein. Jeder lachende Blick, den ich einem Andern sende, treibt Ihnen das Blut aus den Wangen. O Roman! wenn Sie nicht lügen würden in diesem Augenblicke, lügen mit jedem Ihrer Worte, mit jeder Ihrer Geberden ... hier wäre jetzt Ihr Platz." Sie wies auf den Boden zu ihren Füßen.

„Gnädige Frau," antwortete der Edelmann, „Sie treiben den Scherz zu weit."

„Scherzen?" fragte sie und zog spöttisch Stirn und Augenbrauen empor.

„Dann sind Sie in einem Irrthum befangen, den ich lebhaft bedauere."

„Sie bedauern mich?"

„O verzeihen Sie! aber ich muß lachen," und sie lachte und hüpfte mit dem frohen Lachen eines ausgelassenen Kindes durch den Saal.

Roman nahm sie bei der Hand und sprach: „Lachen Sie nur über mich, ich verdiene es."

Sie aber nickte nur mit dem Kopfe und lehnte sich lachend an seine Schulter. Er fuhr fort und seine Stimme zitterte bei seinen Worten: „Ich lüge nicht, meine Worte wie mein Wesen sagten Ihnen nur, daß mein Wille stärker war, als die Wünsche meiner Seele, aber diese Wünsche stellen sich mir jetzt so riesengroß gegenüber, daß ich unter= liege. Lassen Sie sich dieses Geständniß genügen. Ich verlasse Busk."

In diesem Augenblicke kehrte die Herrin des Schlosses mit dem Juden zurück. „Ich fahre mit Dir," wandte sich Roman zu dem Factor.

Die Arme auf der Brust verschränkt, kniete Waleska auf einem Sessel und stützte sich auf dessen Lehne. Gelassen fragte sie: „Potocki, Sie verlassen uns?"

„Für jeden Fall."

„Sie vergessen den Fall, daß ich es nicht gestatte. Erinnern Sie sich Ihres Wortes. Fürchten Sie nicht, daß ich einen unedlen Gebrauch davon machen werde. Ich könnte sie zwingen, sich in Busk anzusiedeln, Ich thue es nicht. Sie bleiben diese Nacht im Schlosse. Morgen können Sie fahren."

Roman verbeugte sich, dann winkte er dem Juden zu, welcher tief gebückt aus dem Saale schlich.

Stephanie blätterte in den Gedichten von Mickiewicz.

„Ich verstehe Sie nicht," sprach Roman mit gedämpfter Stimme zu Waleska. Sie erhob den Blick wie aus tiefem Nachdenken; ernst, beinahe traurig ruhte er auf Roman, dann flüsterte sie: „Sie leiden?"

Leidenschaftlich beugte sich Roman über ihre Hand; sie fühlte sein glühendes Gesicht, seine feuchten Augen — wie ein Hauch berührte ihre Lippe seine Stirne und sie sprach leise, aber entschlossen: „Leiden Sie nur! Auch Ihr Leiden wird enden!"

Stephanie schloß das Buch und sah ihre Freundin an. „Du willst zu Bett?" sagte diese.

Die Herrin von Busk nickte. Waleska bot Roman die Hand. „Ehe noch Ihr Schlitten im Hofe steht, sehen wir uns wieder."

Roman folgte ihr mit dem Blicke, sie wandte nicht einmal den Kopf nach ihm mehr. Als die Thüre sich schloß, kniete er nieder, wo sie gestanden und küßte den Boden, den ihr Fuß berührt hatte. Dann erhob er sich schnell, wie selbst überrascht von seinem Benehmen, blickte scheu um sich und verließ den Saal, ohne daß er fest aufzutreten wagte. Unheimlich berührte ihn im Gang das Hallen der eigenen Schritte, in seinem Zimmer die Dunkelheit. Er machte Licht und warf sich ange= kleidet auf sein Bett.

So lag er lange. Die Lichter brannten trübe und warfen einen röthlichen Schein über ihn. Das Haupt in die Hand gestützt, träumte er mit offenen Augen. Mit süßem Schauer hatte er die Erlebnisse der letzten Tage vor seine Augen gezaubert und heimlich an sein Herz ge= drückt. — Aber wie er sie hegte, waren sie immer mächtiger geworden, sie hatten ihn endlich überwältigt und gossen alle Qualen des Fieber= wahns über ihn. So rasch jedoch die Bilder vor ihm wechselten, so glühend ihre Farben waren, eine Gestalt kehrte immer wieder. Nein! sie schwand dem Auge niemals — sie war der Mittelpunkt der Traum= welt, welche ihn umgab, die Sonne, um die sich alles Uebrige in rasen= der Eile drehte und veränderte. Sie stand da, ein königliches, schönes Weib mit großen schwarzen Augen, wie von Ewigkeit her unverändert; um sie war Alles in Bewegung, ein tolles Märchen und die Gegen= stände verwandelten sich unaufhörlich. Jetzt glänzten noch die eisbe= hangenen Bäume des Waldes von Bielce im Mondlichte und schon nahm ein schneebedeckter Schotterhaufen die Gestalt eines schwellenden Divans an und die volle Scheibe des Mondes war zu der Krystalllampe im Salon von Busk geworden. Vergebens suchte Roman seine Phantasie zu bändigen — seine Gedanken — ja seine Empfindungen nahmen für sie Partei; sie empörten sich gegen ihn — während er auffsprang und das Bild seiner Braut wie ein schützendes Amulet hervorriß. Wie ein Todtkranker das wunderthätige Marienbild, hielt er es vor seine glühen= den Augen. Wie zu einem Bilde der Gebenedeiten sprach er: „Rette mich! vor ihr, vor ihren Augen, vor mir selbst — was ich denke, fühle, ja meine Träume sind Sünde an Dir! Ich selbst bin nur ein Frevel an Dir; aber ich will Dich nicht beleidigen, nicht verrathen, rette mich, erbarme Dich meiner, Waleska!" Er lachte auf und preßte die Hände vor das Antlitz. „Mein Flehen zu Dir sogar wird zur Lästerung, auf meinen Lippen verwandelt sich Dein Name in den ihren — ja Dein Bild nimmt ihre Züge an und lacht mich an — fluch über Dich —" und er warf das Bild von sich. Da wich die Versuchung von ihm.

Er stand lange, die Stirne an die Scheibe gelehnt, an den Frost=
blumen, welche sie bedeckten, kühlte er seine Gluth. Beruhigt, aber noch mit klopfendem Herzen hob er nach einer Weile das Medaillon vom Boden; den Blick immer auf dasselbe gerichtet, warf er sich abermals auf sein Bett.

Wieder lag er, das Haupt in die Hand gestützt, und der röthliche Schein der Lichter beleuchtete Karola's Bild. Die geliebten Züge, deren Ebenmaß er so oft bewundert hatte, machten auf Roman den Eindruck einer hellenischen Büste. Den Mund, dessen Lächeln, dessen süßer Hohn ihn übermenschlich gequält und beseligt hatten, konnte er jetzt ohne Be=
wegung betrachten, sogar das Auge, in dem er sonst sein Leben, sein Schicksal vorgezeichnet sah, übte keinen Reiz mehr aus. Sein Schauen war das eines Unbefangenen.

Er prüfte. „Marmor! kalter Marmor," sprach er vor sich hin. Und doch war es noch dasselbe Antlitz von antiker Harmonie, deutscher Anmuth und polnischem Reize, aber sein Herz war kalt geworden. Er schloß die Augen und versuchte von Karola zu phantasiren, ja er ver=
suchte sich mit ihr zu quälen. Im Salon dachte er sie wieder, in einem Meer von Licht und Duft, die Königin des Abends, von Anbetern um=
ringt, eine allerliebste Cokette, hier den Zaghaften mit einem Lächeln ermunternd, dort den Verwegenen mit einem einzigen Blicke vernichtend, so ihre Umgebung beherrschend, immer liebreizend und immer unerreich=
bar. Vergebens! was ihn sonst in der Erinnerung schon lange Nächte durch gequält, ließ ihn jetzt gleichgültig. — Eine andere Gestalt trat, immer wieder vertrieben, immer wieder vor ihn. Er sah Karola's Bild mit leiblichen Augen ohne Erregung, während jenes in der Phantasie schon sein Blut entzündete.

„Wie schön bist Du!" sprach er sich ermannend, zu dem Bilde seiner Braut. „Die Kniee meint man vor der junonischen Gestalt beugen zu müssen. Doch sei Juno! — Waleska ist an Majestät und Liebreiz — Juno, Venus und Minerva. Wie schön dies blaue Auge ist und doch wie kalt; es könnte mich nicht länger als einen Augenblick bewegen, ob dieses Auge zürnt oder lacht. Ihr Auge aber glüht und entzündet Höllengluth, das macht unendlich selig oder elend. Kann dieses Bild hier lieben? O ja! es liebt einen Mann, weil es so Sitte ist seit dem Jahre des Herrn, auch vordem Sitte war, ja! vor der Fluth — es liebt sein Vaterland, weil es heut zu Tage Mode ist, und weil man dabei doch coquettiren kann mit dem fremden Volke wie mit dem fremden Manne. Dieser hätte ich im Walde von Bielce im phantastischen Schlitten, von galanten Reitern umgeben, begegnen können, aber niemals entschlossen, das blühende Leben dem galizischen Winter und den feindlichen Kugeln zu opfern. Sie wird ihren Mann lieben, so lange sie nicht mit der Mode in Conflict geräth, so lange sie mit dieser Liebe tanzen und coquettiren kann. Waleska's großes Herz, wird es nicht den Mann lieben, wie es Polen liebt, opferfreudig über Alles, in Ewigkeit? Und doch kann ich darum die Treue brechen? Gab mir Karola nur den geringsten Anlaß zur Beleidigung? Warum weiß ich das Alles jetzt, erst — jetzt?" So kämpfte es in ihm und stritt, wie auf einem polnischen Reichstage. Und Alles rief in ihm: „Knice vor Waleska." Nur die Ehre rief ihr Veto und dies Veto entschied.

Er erhob sich. „Es ist Alles still im Schlosse, ich werfe mich auf ein Pferd und fliehe, ehe der Morgen graut." — Noch einmal hielt er inne. „Seit ich dieses Weib bei dem wilden Ritt in meine Arme schloß, bin ich nicht mehr ich selbst. O! warum mußte ich sie umfangen. Ein Fluch ist über mich ausgesprochen worden, ohne daß ich davon wußte oder mich schuldig fühle. Er ist erfüllt." Rasch warf er den Mantel um, drückte die Mütze in die Stirne und öffnete die Thüre.

Da stand Waleska vor ihm in demselben Kleide und in derselben pelzbesetzten Sammtjacke, die Fülle dunkler Locken bis auf den üppigen Nacken herab, wie sie ihn im Saale verlassen hatte. Eine düstere

Majestät war über ihr ganzes Wesen ausgegossen, die Majestät eines souveränen Willens.

„Sie wollen fort?" sprach sie beinahe tonlos.

„Ja!"

„Ich habe es gewußt", erwiederte sie. „Ich kam deshalb."

Sie trat in das Zimmer, schloß rasch die Thüre und zog den Schlüssel ab.

„Was thun Sie?" rief Roman.

„Ich mache Sie zu meinem Gefangenen!" entgegnete Waleska.

Roman zitterte in diesem Augenblicke vor ihr.

„Fliehen Sie jetzt, fliehen Sie!" rief sie mit triumphirendem Hohn, und trat, die Arme auf der Brust gekreuzt, vor ihn hin. „Jetzt sind Sie in meiner Hand, Verräther!"

„Ich ein Verräther?" schrie Roman empört auf.

„So wahr Gott lebt! verfluchen Sie nur sich und Ihre Seligkeit," sagte Waleska. „Sie sind doch ein Verräther. Sie wollen fliehen? und weshalb?"

„Habe ich Sie zu meinem Beichtvater berufen?"

„Warum wollen Sie fliehen? Sie fliehen vor mir?"

Roman erblaßte bis in die Lippen und seine Lippen zuckten.

„Sehen Sie, Verräther!" rief Waleska.

Roman stampfte wild auf: „Ich will das Wort nicht wieder hören, mein Leben gehört Polen, mir allein meine Ehre!"

„Ich weiß, Sie sind ein Patriot, und dennoch nenne ich Sie Verräther — Verräther an mir und an sich selbst; ich bin als Emissär zu Ihnen gekommen, doch nicht im Namen unseres Vaterlandes, ich komme von der abscheulichsten Triebfeder, dem Egoismus geleitet, mein Freund, und komme in Ihrer Seele Revolution zu machen, Ihr Blut will ich zum Aufruhr bringen gegen Sie, Ihre Sinne und Ihr Fühlen."

„Das ist Ihnen bereits gelungen," entgegnete er mit Bitterkeit, „mußte ich Ihnen das Leben retten, damit Sie das meine lachend in Stücke reißen?"

„Roman!" sprach Waleska bewegt und legte die kleine weiße Hand auf seine Schulter.

Er aber trat zurück und rief: „Jetzt erst versteh ich Sie. Was haben Sie gethan? Soll man Sie bei mir finden? Ihre Ehre..."

„Meine Ehre?" entgegnete sie würdevoll. „Vergessen Sie es nicht. Mein Leben gehört Polen, meine Ehre mir allein, — ich bekenne mich zu Ihren Worten. Was ist dem Weibe Ehre? Seine Liebe. Es kann beides nur zugleich besitzen und verlieren. Man soll mich hier finden!"

Flammende Röthe bedeckte ihr Antlitz. Beide standen schweigend Aug' in Auge, Eines die Seele des Anderen ergründend, wie Gegner, die sich und ihre Kräfte vor dem erbitterten Kampfe messen. Waleska begann. „Sie haben eine Braut — sie ist schön, Sie haben sie geliebt."

Roman machte eine Bewegung.

„Sie haben sie geliebt — Sie waren ihr und sich selbst treu."

„Ich bin es noch."

„Sie sind es nicht mehr. Ich weiß, Sie wollen es, Sie werden vielleicht am Altare die Ringe wechseln und im Hochmuthe des Schmerzes prahlen: das Herz hat mir geblutet, ich aber hielt mein Wort. Ist das Treue? kann Meineid die Treue besiegeln? und Meineid ist es, wenn Sie vor dem Bilde dessen, der die Wahrheit und die Liebe war, Liebe schwören, wo Sie nichts fühlen, als Ehre. Ist das Treue, den Buchstaben halten, die Form — und die Treue brechen mit jedem Gedanken, den Sie denken, mit jedem Gefühle, das Sie fühlen?"

Roman bedeckte erschüttert sein Gesicht mit den Händen.

„Roman! Sie lieben mich! Sie kämpfen wie ein Held gegen diese Liebe. Umsonst. Sie werden fruchtlose Anstrengungen machen, Karola treu zu bleiben; Qualen häufen über sich und mich und am Ende doch erliegen; ich kam, um diesem Seelenkampfe ein Ende zu machen. Es muß klar werden zwischen uns, Roman!"

Waleska sprach mit Leidenschaft, ihre Brust wogte. Jetzt hielt sie inne. Ihre Lippen bewegten sich lautlos, große Thränen glänzten in ihren Augen. „Ich liebe Dich!" flüsterte sie und ließ ihr Haupt auf die Brust niedersinken.

Roman faßte leidenschaftlich ihre Hand, stieß sie aber gleich wieder eben so heftig zurück. „Und dennoch muß ich fliehen."

„Du willst mich fliehen? Kannst Du Dir selbst entfliehen? Kannst Du es nicht, so spannt die eigene Phantasie Dich auf die Folter und erpreßt Dir unter Höllenqualen das Geständniß, daß Du mich liebst. Mein Bild wird Dich verfolgen, wie dem Mörder sein Opfer folgt, gespensterhaft, und mein Lachen über Deinen Heldenmuth wird Dir im Traum und Wachen in die Ohren gellen! Flieh! Narr!"

Waleska schlug ein Gelächter an, das Roman schaudern machte. „Flieh!" rief sie, „wie ein gescheuchtes Wild, als wilde Jägerin will ich Dich hetzen, fort und immer fort, bis Du zu meinen Füßen niedersinkst; denn Du bist mein!" Und sie streckte gebieterisch die Hand über ihn aus.

Roman erhob stolz sein Haupt. „Und wenn ich Sie nicht liebe?"

Waleska lachte auf.

„Wenn mir Ehre und Liebe nicht eins sind," fuhr er fort, „so ist die Ehre mir das Höchste und sie gebietet, Sie zu fliehen."

„Die Ehre? Sie stand auf Karola's Seite gegen mich, bis ich diese Thüre schloß."

„Bist Du ein Dämon, Weib?"

„Glaubst Du", rief Waleska, „ich lasse so leicht, was ich aus ganzer Seele liebe, — nur mit meinem Leben! O Roman! Meine Mutter mußte sterben, als sie mir das Leben gab. Ungeliebt und ohne Liebe wuchs ich unter Fremden auf, die Welt schien mich zu höhnen, und ich haßte sie. — Ich war nicht herzlos — ich mußte etwas lieben, zum mindesten eine Blume, einen Vogel! Sie aber gaben mir nicht einmal dies; so schloß ich meine Gluth in mich und haßte sie. Ich liebte einen Mann, er verrieth mich — und ich verließ ihn. Fortan ward jeder unendlich elend, der mir nahte, und ich lachte, wenn sie starben, aber meine Seele lechzte nach einer anderen Menschenseele und schmachtete nach Liebe. Da hörte ich von meinem Vaterland, und liebte es, weil es unglücklich war, wie ich. Seitdem diene ich dem Glauben an mein Volk und an das große Land, das seinen Namen trägt. In diesem Dienste wollte ich die Seele, die nach Liebe lechzte, zu Tode hetzen; denn glücklich war ich nicht. So kam jene Stunde im Wald von Bielce; den Tod für meinen Glauben erwarte ich schon, zürne fast daß er mir nicht gegönnt — da tritt das Glück verkörpert vor mich hin.

Ich kann es fassen, mit meinem Arm umschlingen, an mein Herz drücken: ich finde Dich! Ich liebe Dich; und darum bist Du mein!"

Sie öffnete die Arme, aber Roman rief in höchster Erregung: „Können Sie mich achten, wenn ich ein heiliges Band zerreiße? Soll ich der Ehre Lebewohl sagen für immer, und die Leidenschaft unumschränkt gebieten lassen?"

„Kann ich Dich achten, wenn Du einem Phantom von gutem Ruf gehorchst, das Glück des Lebens in Trümmer schlägst, damit ein paar alte Weiber nichts Uebles von Dir reden? Wenn Du entsagen willst, so geh' ins Kloster, schwing die Geißel über Dich; — wenn Du leben willst, so lebe wie ein Mann!"

Ohne es zu wollen, hatte Roman im heftigsten, inneren Kampfe Karola's Bild hervorgerissen — nun fiel sein Blick darauf. Der Geist, der aus diesen Zügen sprach, schien ihm ein Hohn dem Herzen gegenüber, das gleich einer glühenden Rose sich vor ihm entfaltet hatte. Eine dämonische Gewalt hatte ihn erfaßt und zog ihn zu Waleska hin. Er schleuderte Karola's Bild von sich. Er sah nur noch das Weib, das vor ihm stand, königlich schön mit großen schwarzen Augen.

„Nimm mich hin," rief er und sank zu ihren Füßen.

Ein triumphirendes Lachen war die Antwort Waleska's. „Das ist Dein Platz," sprach sie, „mein bist Du mit Leib und Seele. Nimm mein ganzes Selbst dafür." Dann zog sie ihn empor an ihre wogende Brust und bedeckte sein Antlitz mit Küssen.

---

## VIII.

Die Wanduhr zeigte halb zwölf. „Ich muß fort," sprach Waleska. Ihr Auge flog nochmals nach dem Zifferblatte.

„Sind Sie ein Vampyr?" fragte Roman. „Jede Minute, welche der Zeiger gegen Mitternacht zurücklegt, vermehrt Ihre Unruhe."

„Ihr Mißtrauen ergötzt mich," erwiederte sie. „Wenn die Schloßuhr Mitternacht schlägt, werden Sie vor meiner Thüre stehen. Ver=

gessen Sie Ihre Pistolen nicht. Bis dahin Geduld. Auch dieses Räthsel wird sich lösen."

Sie verließ ihn und schlüpfte leise in ihr Zimmer. Hier schürte sie das Feuer in dem Kamine und warf einige mächtige Scheiter in dasselbe. Dann entkleidete sie sich, schlüpfte in das Bett und zog die Decken über sich. Die Arme unter dem Lockenkopfe gekreuzt, lag sie mit geschlossenen Augen, marmorschön, von dem schwarzglänzenden Bärenfelle bedeckt, in den rothseidenen Polstern, bis die dröhnenden Schläge der Schloßuhr Mitternacht anzeigten.

Da setzte sie sich auf, schlüpfte rasch in die goldgestickten Pantoffeln, sprang aus dem Bette und schüttelte die dunkle Lockenfülle. Sie warf ein Nachtgewand über. Den Armleuchter mit drei brennenden Lichtern stellte sie auf das Fenster. Da hörte sie unten in die Hände klatschen. Sie griff mit einem sonderbaren teuflischen Lachen unter den Kopfpolster, dann zog sie die weichgefütterte Pelzjacke an und öffnete das Fenster.

Unten klatschte es wieder. „Sind Sie es?" rief sie.

„Ja."

Sie sprang zurück, ergriff die Strickleiter, befestigte sie mit sicherer Hand an dem Fensterkreuze und warf sie hinab. „Kommen Sie," flüsterte sie über das Fenster.

„Ich komme."

Lojinski's Kopf erschien an dem Fenster. Waleska streckte ihm die weiße Hand entgegen. Er faßte sie, mit der anderen das Fensterkreuz und schwang sich hinauf. „Stille! um Gotteswillen stille!" bat die schöne Frau mit erhobenen Händen.

Lojinski stand im Zimmer. Während er seinen Mantel ablegte, zog sie die Leiter empor, verlöschte die Lichter, schloß das Fenster. Nur eine kleine Lampe beleuchtete jetzt das Gemach, und das Feuer in dem Kamine warf sein grelles Licht in dasselbe.

„Jan," flüsterte Waleska, „welchen Gefahren setze ich mich aus, nur um Sie in meine Gewalt zu bekommen!"

„Ziehen Sie das Netz zu," erwiederte Lojinski leise, „ich bin gefangen."

„Das sind Sie," sprach sie.

„Wenn Roman wüßte, daß ich bei Ihnen bin! Er liebt Sie wahnsinnig!"

„Nun, so soll er toll werden," war die Antwort.

Lojinski ordnete sein Haar vor dem Spiegel. „Der Narr baut Luftschlösser, weil Sie mit ihm coquettiren."

„Ah, wissen Sie, wie es die Katze mit der Maus macht? Sie fängt sie und läßt sie los, nur um sie wieder zu fangen. So weidet sie sich an ihren Fluchtversuchen, ihrer Todesangst."

„Sie sind grausam."

„Mein Gott, ich will mich unterhalten! Ich habe es mir in den Kopf gesetzt, ihn seiner Braut untreu zu machen und dann laufen zu lassen."

„Hören Sie nicht Schritte?" sagte Lojinski betroffen.

„Wenn er uns überraschen würde!" erwiederte Waleska und eilte in dem Zimmer auf und ab. „Haben Sie Waffen?"

„Nein," entgegnete Lojinski und griff in alle Taschen, „nein!"

Waleska schlich zu der Thüre und horchte. „Es ist nichts," versicherte sie ruhig; „wir sind allein."

Lojinski athmete auf. „So will ich denn," sprach er, „nun flehen: schöne Frau! seien Sie mir gnädig!" Lüstern schlang er den Arm um ihren königlichen Leib; sie wehrte ihn mit kräftigem Arm ab. „Warum so spröde?" murmelte er.

„Die Lampe beleidigt mich," erwiederte Waleska.

Er antwortete: „Ich werde sie dämpfen."

„Bleiben Sie!" befahl Waleska, sprang hin und drehte die Lampenschraube.

„Ah! es wird noch heller," lachte Lojinski.

Die Lampe beleuchtete jetzt das Zimmer vollständig. „Das ist nöthig," entgegnete Waleska hohnlachend, „damit ich mein Ziel nicht fehle." Mit einem Sprunge war sie an ihrem Bette, hatte unter dem Kissen ihre Pistolen hervorgerissen und auf Lojinski's Brust gerichtet. Dieser versuchte mit verlegenem Lachen sich ihr zu nähern. „Welche Laune, gnädige Frau!"

„Ich bin nicht die Frau, welche Sie zu verführen hofften; ich bin Waleska! ich bin der Emissär, den Sie an die Oesterreicher verkauft haben!"

„Berrath!" schrie Lojinski.

„Noch einen Schritt vorwärts," rief Waleska, „und ich tödte Sie." Lojinski bebte.

„Sie sind der Verräther! Gestehen Sie, Elender! Kennen Sie diese Verse?" Sie hielt ihm sein Gedicht entgegen.

Lojinski stotterte: „Ja.. diese Verse... habe ich... an Sie gerichtet."

„Und diesen Wechsel?"

Lojinski nickte betroffen.

„Kennen Sie vielleicht auch diesen Brief? Wie lautet er gleich? ‚Mein Herr! Ich glaube, wenn Sie diese Zeilen empfangen, wird der Emissär ebenfalls in ihren Händen sein'... Nicht so? Helfen Sie mir doch!... ja richtig...‚morgen ist Tanz in Bus!, conspiration dansante, es wird lange Gesichter geben'... Köstlich, köstlich!"

Lojinski stand bleich, den Blick auf den Lauf des Pistols gerich= tet, mit welchem ihn das schöne Weib bedrohte.

„Ei siehe! Sie kennen ihn auch? Sie Universalgenie! Wie Du blaß wirst, Schurke!"

Jetzt sprang er auf Waleska zu, um ihr die Waffe zu entreißen, aber ihr gewaltiges Auge, der blitzende Lauf in ihrer Faust bannten ihn auf halbem Wege. Sie senkte das Pistol. Da war er bei dem Fenster und riß es auf.

„Halt!" rief sie. Dies Halt schmiedete ihn wieder an den Boden. Noch eine Bewegung, die ich mißverstehen kann, und Sie brauchen auf dieser Erde nichts mehr als ein Grab. Schließen Sie das Fenster!" Er schloß es.

„Elender!" murmelte das schöne Weib, das ihn mit Auge und Pistol wie eine Drahtpuppe lenkte, „auf die Knie!"

„Ich ergebe mich, nur liefern Sie mich nicht dem Gerichte der Patrioten aus."

„Ich selbst werde Sie richten. Auf die Knie!"

„Gnade!"

„Auf die Knie!" rief Waleska zornig, und stampfte mit dem Fuße.

„Gnade!" flehte er, „Gnade!" und sank auf die Knie.

Die furchtbare Waffe, wie das große drohende Auge immerfort

auf den Mann gerichtet, der zu ihren Füßen lag, schritt Waleska zu der Thüre und öffnete sie. „Roman!" rief sie. Lojinski zuckte empor. Waleska's Blick warf ihn wieder auf die Kniee; vernichtet preßte er die Hände vor das Gesicht und senkte sein Haupt zur Erde. Roman trat ein, ein Pistol in der Hand. „Sperren Sie die Thüre." Roman gehorchte. — „Wenn dieser Mensch," sie deutete auf Lojinski, „sich von seinen Knieen erhebt, ja wenn er nur eine verdächtige Bewegung macht, schießen Sie ihn zusammen."

Potocki spannte seine Pistolen. Die Hähne knackten unheimlich. Das Auge auf den Knieenden gerichtet, blieb er an der Thüre stehen.

Waleska ließ ihre Waffen in die Taschen ihrer Pelzjacke gleiten, warf sich in die weichen Kissen des Divans und begann, das Haupt in die Hand gestützt, das Verhör.

„Antworten Sie auf meine Fragen", sprach sie gebieterisch, „wahr, ohne Umschweife. Spannen Sie alle Ihre Geisteskräfte auf das Höchste, vor allem Ihr Gedächtniß; denn ein Widerspruch, so klein — so unscheinbar, wie eine Mücke und Sie haben selbst Ihr Urtheil gesprochen."

„Ich gestehe Alles, Alles," betheuerte Lojinski; „nur schenken Sie mir das Leben."

„Roman," versetzte Waleska, „das ist der Mann, den ich liebe!" und sie lachte, aber Lojinski zitterte bei diesem Lachen.

„Verzeihung!" rief Roman.

„Antworten Sie," wandte sich die Emissärin zu dem Manne, der zu ihren Füßen lag: „Was ist Ihnen über unsere Pläne bekannt?"

„Ich weiß, daß die Emigration mit dem Aufwande aller ihrer Kräfte thätig ist, die polnische Republik herzustellen; und daß sie zu diesem Zwecke mit den Patrioten in allen Theilen Polens in Verbindung getreten ist und durch diese, wie durch ihre Emissäre alle Schichten der Bevölkerung für ihre Absichten zu gewinnen sucht. Wenn dies gelungen ist, soll an Einem Tage an allen Orten der Aufstand beginnen."

„Wie weit sind die Vorbereitungen zu dieser Erhebung gediehen?"

„Der Adel ist überall bereit, aufzustehen, auch unter den Studenten, unter den Handwerkern, gewinnt die Propaganda immer mehr Boden."

„Wie weit ist hier der Aufstand vorbereitet?"

„Die Edelleute haben sich verständigt, zugleich mit den Brüdern in den anderen Landschaften die Waffen zu ergreifen."

„Auf welche Weise soll dies geschehen?"

„Ich weiß es nicht."

„Sie wissen es nicht?" rief Waleska heftig und beugte sich zu ihm.

„Bei Gott und allen Heiligen," betheuerte Lozinski, „ich weiß es nicht. Wir erwarteten einen Emissär; diesem sollte die Leitung der Verschwörung übergeben werden."

„Gut"; erwiederte sie. Beruhigt lehnte sie sich zurück. „Was haben Sie von den Planen der Patrioten verrathen?"

„So viel mir bekannt war."

„Ich will die Beweggründe, die Umstände bei Ihrem Verrathe kennen. — Nun?"

Lozinski zögerte.

„Antworten Sie!"

„Bei allen Heiligen! Ich war über die Verschwörung nur im Allgemeinen unterrichtet, bis zu dem Augenblicke, wo es galt, einen Emissär über die Gränze zu schaffen. Damals wurde ich durch Frau Stephanie von Busk so weit eingeweiht, daß der Adel, zu einer bewaffneten Erhebung entschlossen, einen Emigranten erwarte, welcher dieselbe in unserer Gegend einleiten werde."

„Wie kam es, daß Stephanie Sie einweihte? Wie hatten Sie sich ihr Vertrauen erworben?"

Lozinski schwieg.

„Ich verliere die Geduld!"

„Ich machte ihr den Hof."

Waleska lachte laut auf. „Weiter!"

„Ich war in großer Geldverlegenheit. Frau Stephanie wollte mir nicht mehr leihen."

„Köstlich!" rief Waleska, „obwohl Sie ihr den Hof machten?"

„Meine Lage wurde von Tag zu Tag peinlicher. Mir war bekannt, daß der Kreiscommissär Ritter von Burg ein Mann voll Fähigkeit und Ehrgeiz sei. Ihm schrieb ich, schilderte meine Lage, und versprach ihm wichtige Mittheilungen über die Umtriebe der polnischen Partei."

„Für welche Summe? Für dreißig Silberlinge?"

„Für die Summe von fünfzig Ducaten."

„Das ist der Fortschritt. Bei Gott! sogar der Judaslohn steigt mit den Jahrhunderten. Zahlte er gleich?"

„Burg sandte mir die verlangte Summe und versprach mehr, wenn meine Mittheilungen ihm wichtige Aufschlüsse geben, wenn dieselben mit seinen Beobachtungen im Einklange stehen und fortgesetzt werden. Ich theilte ihm hierauf mit, daß eine allgemeine Erhebung vorbereitet werde, daß der galizische Adel sich zu demselben Zwecke verschwöre, und daß die Emigration einen Emissär hierher sende."

„Nichts weiter?"

„Nichts."

„Denken Sie nach, wenn Ihnen Ihr Leben lieb ist! Nichts weiter?"

„Nichts!"

„Fahren Sie fort!"

„Hierauf verlangte Burg, ich möge den Emissär in seine Hände liefern. Ihn über die Gränze führen, war ein gefährliches Unternehmen. Ich eilte, mich Frau Stephanien zur Verfügung zu stellen. Außer mir boten sich nur Roman Potocki und Kaminski zu dem Wagstücke an. Es wurde gelost. Kaminski traf das Loos. Denselben Abend noch war Burg durch mich von Allem unterrichtet. Das Uebrige wissen Sie."

„Sie haben Burg keine anderen Mittheilungen gemacht?"

„Ich wußte ja selbst nicht mehr."

„Geben Sie mir Beweise."

Lozinski griff in seine Brusttasche.

„Was suchen Sie?" fragte Waleska.

„Meine Brieftasche." Er zog sie hervor und reichte sie dem Emissär. „Sie finden in derselben meine Briefe an Burg aufgesetzt und seine Antwortschreiben."

Waleska riß die Brieftasche auf und durchflog sie. „Wahrhaftig, der ganze Briefwechsel!" rief sie. „Ich bin mit Ihnen zufrieden."

Lozinski athmete auf.

„Haben Sie noch Jemandem außer Burg Mittheilungen über die Verschwörung gemacht?"

„Nein! Auch hat Burg den Kreishauptmann immer nur im Allgemeinen unterrichtet. Er ist ehrgeizig und hat es sich in den Kopf gesetzt ... er allein ... das Unternehmen zu vereiteln."

„Dieser Mann interessirt mich," bemerkte Waleska. Dann fuhr sie fort: „Haben Sie außer den Anmerkungen in dieser Brieftasche Aufzeichnungen oder Papiere, welche sich auf die Pläne der Patrioten beziehen und dieselben verrathen könnten?"

„Ja, mein Tagebuch."

„Wo befindet sich dasselbe?"

„Auf meinem Gute. In der Lade meines Schreibtisches."

„Wo ist der Schlüssel?"

„Hier!" Er übergab ihn Waleska.

„Wer ist auf Ihrem Gute?"

„Mein Mandatar."

„Sie werden an Ihren Mandatar einige Zeilen schreiben; Potocki wird mir Ihre Papiere bringen."

Erschreckt fragte Lozinski: „Warum nicht ich, was haben Sie mit mir vor?"

„Stehen Sie auf!" sprach Waleska kalt.

Er stand auf.

„Schreiben Sie!"

Lozinski setzte sich an den Tisch, nahm Papier und Feder, Waleska ging mit verschränkten Armen auf und ab." „Schreiben Sie! Wie tituliren Sie Ihren Mandatar?"

„Gewöhnlich Esel," stotterte Lozinski. Sie brach in ein schallendes Gelächter aus. Roman bezwang sich.

„Sie werden," dictirte die Emissärin, „dem Ueberbringer dieser Zeilen, meinem Freunde Roman Potocki, Papiere übergeben, welche sich in der Lade meines Schreibtisches befinden. Den Schlüssel zu derselben habe ich ihm eingehändigt. Ihre Unterschrift."

„Wie?"

„Ihre Unterschrift."

„Wie so?"

„Nun Jan Lozinski."

„Ja so."

Walesla nahm den Brief, überflog ihn, siegelte ihn eigenhändig, und gab ihn Roman mit dem Schlüssel. „Schreiben Sie"; wandte sie sich zu Lojinski, dabei legte sie ein frisches duftiges Blatt Papier auf den Tisch. „Wie tituliren Sie Burg?"

„Burg?"

„Ja den Kreiscommissär Ritter von Burg."

„Euer Hochwohlgeboren."

„Also schreiben Sie: Euer Hochwohlgeboren!" Lojinski sah verwirrt zu Walesla empor.

„Ist Ihnen Ihr Leben lieb, so schreiben Sie: Euer Hochwohlgeboren!"

Lojinski schrieb mit zitternder Hand. „Mit dem lebhaftesten Bedauern erfahre ich, daß der Emissär Ihnen entgangen ist. Mich tröstet nur die Gewißheit, daß ich nicht Schuld daran trage, und die Hoffnung, daß auch Sie davon überzeugt sein werden. Seitdem dieser Emissär seine Thätigkeit begonnen hat, sind die Verhältnisse wie durch einen Zauberschlag verändert. Ein gewaltiger Geist, rücksichtslos in der Wahl seiner Mittel, beseelt jetzt das Unternehmen. Mir gelang es bisher, mich in dem Vertrauen der Patrioten zu behaupten. So bin ich vollkommen eingeweiht. Sie glauben nicht, wie dieses furchtbare gefährliche Geheimniß mein Gewissen —— Haben Sie Gewissen?"

„Ja."

„Mein Gewissen beschwert, dazu habe ich Ursache, eine Entdeckung zu fürchten, denn das Gericht der Patrioten kennt keine Gnade."

„Keine Gnade! Sie wollen mich tödten!" rief Lojinski; ich bereue, ich verzweifle und keine Gnade." Er warf sich zu Walesla's Füßen und umfaßte ihre Kniee.

Sie lachte. „Ihr Leben ist in meiner Hand. Nun jauchzen Sie. Ach! haben Sie Ihre Verse so schnell vergessen?

> Mein Schicksal ruh' in Deiner Hand,
> In Deiner Macht mein Leben.
> Du bist mir Gott und Vaterland,
> Dir hab' ich mich ergeben.

Ihr Wunsch ist erfüllt. Wenn Sie den Tod fürchten, schreiben Sie!"
Lozinski erhob sich. Auf seinem Antlitz lag Todtenblässe.

„Wo sind wir gleich?"

Er las stammelnd: „Denn das Gericht der Patrioten kennt keine Gnade."

Waleska dictirte weiter: „Schreiben kann ich Ihnen darüber ebensowenig, als Sie an einem Orte sprechen, wo wir gesehen werden können. Wenn Sie die Verschwörung, Plane und Theilnehmer mit einem Schlage vernichten wollen, erwarte ich Sie."

„Erwarte ich Sie," wiederholte er.

„Heute Nachts zehn Uhr bei dem Kreuze in dem Walde von Bielce. Die Parole sei Galizien, die Losung erwarte ich durch den Boten."

„Sind Sie fertig?"

„Noch meine Unterschrift."

„Und den Tag." Waleska las das Schreiben mit großer Aufmerksamkeit, dann faltete sie dasselbe und siegelte es ebenso wie das erste mit Lozinski's Siegelring. „Jetzt die Adresse."

„Hier ist der Brief."

Waleska prüfte die Adresse, dann sprach sie zu Roman: „Mit Ihrem Kopfe haften Sie für diesen," warf noch einen Blick auf Lozinski und schritt aus dem Zimmer, den Armleuchter in der Hand; sie leuchtete in den Gang. Da kauerte eine dunkle Gestalt. „Bist du es, Löwy Moises?"

„Ich bin es, gnädige Frau!" erwiederte der alte Factor und huschte zu ihr hin.

„Dieses Schreiben übergiebst Du dem Kreiscommissär Ritter von Burg?"

„In seine eigenen Hände?"

„In seine eigenen Hände. Es ist die größte Vorsicht dabei nöthig, das geringste Versehen von Deiner Seite, und Roman Potocki schwebt in der ernstesten Gefahr. Du hast dieses Schreiben ebenso erhalten, wie das frühere, verstehst Du?"

„Ich verstehe. Gott soll mir gnädig sein."

„Mit diesem Briefe lege ich unser Schicksal in Deine Hand."

„Gras soll wachsen vor meiner Thüre und der Regen strömen durch mein Dach, wenn ich den Brief nicht gebe in seine Hände!"

„Jetzt folge mir."

Der Jude schlüpfte ihr nach in das Zimmer. „Knieen Sie nieder!" herrschte Waleska dem Verräther zu, „und vernehmen Sie mein Urtheil." Lojinski gehorchte. — „Das Leben schenke ich Ihnen aus Mitleid mit dem Stricke, der durch Sie entehrt würde, aber ich lege Sie an die Kette, bis Sie nicht mehr schaden können. Stehen Sie auf. Löwy Moises, binde diesen Menschen!"

Willig ließ sich Lojinski binden. „Verbinde ihm die Augen!" Auch dies that der Jude. „Führe ihn, Löwy Moises!"

Lojinski konnte nur Schritt für Schritt gehen. Er wußte, daß er aus dem Zimmer trat, jetzt hörte er Stimmen. Das war Stephanie.

„Der Verräther ist in unseren Händen;" hörte er Waleska sagen.

„Wer ist es?" fragte die Herrin des Schlosses.

„Dein Anbeter."

„Lojinski? — unmöglich!"

„Er selbst — sieh!"

Jetzt löste eine kleine Hand die Binde. Stephanie stand vor ihm. Sie sah ihm mit einem vernichtenden Blicke in das Auge und spuckte ihm in das Gesicht. Der Jude beeilte sich, die Binde wieder um seine Augen zu legen. Dann ging es durch Zimmer und Gänge, Treppen auf und ab. Vergebens versuchte sich Lojinski in dem wohlbekannten Gebäude zurecht zu finden. Endlich fühlte er einen Luftzug, er war im Freien, der Schnee knisterte unter seinen Füßen. Noch einmal wiederhallten seine Schritte auf steinernem Boden. Er athmete immer feuchtere Luft, Moderduft. Da dröhnte eine schwere eiserne Thüre. Sie waren am Ziel. Die Binde fiel. Lojinski schauderte. Er befand sich in einem dunklen, feuchten unterirdischen Gewölbe des alten Schlosses von Busk.

Der Jude warf einen Bund Stroh auf die Erde, stellte einen Krug mit Wasser hin und löste seine Bande. „Lege ihn an die Kette," befahl Waleska, welche in einen Zobelpelz gehüllt auf der Schwelle stand. Lojinski's Auge erhob sich schüchtern zu ihr; aber in ihrem

Blicke war kein Erbarmen, keine Gnade. — Vernichtet warf er sich auf das Stroh und ließ sich von dem Juden ketten.

„Nun amusiren Sie sich mit den Ratten!" rief Waleska mit grausamem Lachen. Der Gefangene verbarg sein Antlitz in dem Stroh.

Langsam fiel die schwere Thüre in das Schloß, jetzt knarrte der Schlüssel, noch eine Thüre hörte er schließen. Dann war es stille und er preßte verzweifelt die schwere Kette an die glühende Stirne.

## IX.

An dem kleinen Nähtische saßen die Frauen des Starostenschlosses; die Mutter beschäftigt, Hauswäsche auszubessern, die Tochter, den Aermel eines Kleides einzusetzen. Lächelnd beobachtete die Mutter Karola, die weiße Schürze, das schmucklose Haar, die Emsigkeit, mit der sie arbeitete und sich immer wieder in den Finger stach.

„Mein Kind, Du wirst in diesem Kleide sehr gefallen."

„Das will ich auch," schmollte Karola.

„Du arbeitest, als gälte es Deine Ausstattung."

Das Mädchen sah betroffen auf.

„Es ist Zeit, daran zu denken," fuhr die Mutter fort.

„Eile die Mutter nicht so damit," sprach die Tochter. „So oft ich mich in dem polnischen Edelhofe sehe, zieht es mir das Herz zusammen. Lassen Sie mich noch in diesem Hause, wo meine Wiege gestanden ist. Hier war es, nicht wahr Mutter?"

„Ja," entgegnete diese; „in der Ecke da, und dort auf dem fadenscheinigen Lehnstuhle saß der Vater, so oft er aus dem Amte kam, und pfiff und sang Dir und Du lachtest."

Karola stützte den Kopf in die Hand. Sie sah in diesen kleinen dämmerhaften Winkel, der einmal ihr ganzes Leben eingeschlossen hatte, und als sie daran dachte, ihn gegen die polnische Wirthschaft zu tauschen, zitterte ihre Hand und sie stach sich in den Finger, daß er blutete.

Und wieder begann die Mutter: „Mein Kind, denke, daß Du nicht die Hausfrau eines Beamten wirst; Du wirst die Herrin eines Schlosses, eines ausgedehnten Gebietes: eine kleine Majestät, wirst Du über Unterthanen gebieten, die vor Dir das Knie beugen und den Saum Deines Kleides küssen. Du wirst keinen Kochlöffel berühren, keine Nadel; Dein Platz wird in den Sammtpolstern Deines Saales, in dem reichvergoldeten Betstuhle Deiner Kirche sein; im Sattel, im vierspännigen Wagen, so wirst Du Dein Besitzthum vertreten, Deinen Reichthum, Deinen Namen und Dein Wappen. Willst Du etwa im grauen Kleidchen den Adel der Landschaft empfangen? mit dieser Schürze vor der Brust den Schlittenzug führen? Da müssen wir für echte Spitzen sorgen, für Stickereien, Edelsteine; Sammt und Seide wirst Du tragen und theures Pelzwerk."

Karola legte die Arbeit in den Schooß. „Ich bin fertig," sprach Sie; „darf ich jetzt lesen?"

„Wie Du willst, mein Kind," erwiederte die alte Dame. „Komm!" Sie küßte sie auf die Stirne. „Heute Abend werden wir dem Vater zusetzen. Das werden Einkäufe werden! Nach Lemberg muß er mit uns fahren, und was dort und in Brody nicht zu bekommen ist, wird von Wien verschrieben. Wie eine Fürstin wirst Du in Bielce einziehen, mein Kind."

„Gewiß, Mutter!" lachte Karola, und entfloh dann rasch ihren Projecten.

Des Herrn Kreishauptmanns Schwiegervater war Professor gewesen und hatte eine ansehnliche Bibliothek hinterlassen. Sie war in dem Thurme des Starostenschlosses in einem hochgewölbten Gemache aufgestellt. Dort waren die Bücherkisten aufgespeichert worden, dort standen sie, bis Burg zu dem Kreisamte kam. Er hatte den Schatz kaum entdeckt, so hatte er ihn auch gehoben. Er hatte zuerst die Deckel aufgeschlagen, in der Registratur ein paar überflüssige Fächerkästen entdeckt und hinaufgetragen, die Bücher abgestaubt und aufgestellt. Er selbst hatte mit gewaltiger Fracturschrift die pappendeckelnen Tafeln beschrieben, welche anzeigten, wo die Literatur der Geschichte, wo jene der Naturwissenschaften ihren Platz hatte, in welchem Fache Sprachlehren und Wörterbücher, in welchem die Dichtungen standen. Endlich hatte er einen Katalog verfaßt, eine kleine Bibliotheksleiter, ja einen Lesetisch mit gut gepolstertem Großvaterstuhl hineingestellt. Seine Bibliothek nannte er sie. Wenn Jemand im Amte, ja wenn der Kreishauptmann oder Fräulein Karola etwas lesen wollten, er hatte den Schlüssel, an ihn mußten sie sich wenden. Es war ein heldenmüthiger Entschluß, den Karola hatte. In der Bibliothek selbst wollte sie einmal herumstöbern und lesen. Die steile Treppe, die Kälte, der Staub, das war Alles zu überwinden, aber es galt, den Schlüssel zu bekommen, und den Schlüssel hatte Burg. Sie selbst mußte ihn holen, davon war sie vom Anfang an überzeugt; sie kann unmöglich den Landdragoner schicken, aber wie sieht sie aus? Sie eilt vor den Spiegel.

„Auf der Treppe ist es kalt," murmelte sie, um es vor sich selbst zu entschuldigen, daß sie die einfache Schürze abwirft und die prächtige Pelzjacke anzieht. Dann zögert sie wieder. „Aergere ihn nicht," sagt sie zu sich selbst; „siehst du nicht wie eine Polin aus?" Und schon lag die Jacke auf dem Stuhle, die Schürze wurde wieder vorgebunden, einen großen Shawl nahm sie über den Kopf und hüllte sich in denselben. Sie flog nun durch die Zimmer, über die Treppe; vor der Thüre seiner Amtsstube holte sie Athem. Dann klopfte sie. — Keine Antwort. — Sie öffnete. Niemand da. Sein Amtsrock mit den Schreibärmeln prangte an dem Fensterhaken. Auch der Schlüssel der Bibliothek war da. Groß, ruhig, wie selbstbewußt seiner Wichtigkeit hing er an einem glänzenden Nagel über Burg's Schreibtisch. Karola stand unschlüssig.

Endlich schien Burg's Schreibstube sie mehr anzuziehen als die Büchersammlung des gelehrten Großvaters. Alles fand sie hier der Aufmerksamkeit werth, von dem Bildnisse Seiner Majestät des Kaisers Ferdinand des Gütigen bis zu den Papierschnitzeln auf dem Boden. Sie setzte sich auf den Strohsessel, auf welchem Burg saß und arbeitete; sie gab die Füße auf den hölzernen Schemel, auf dem er seine Füße hatte. Sein Schreibzeug musterte sie, seine Acten, seine Bücher; das war Alles wie nie benützt. Vergebens suchte sie einen Klecks, vergebens Gekritzel auf der Unterlage, den Kopf schüttelte sie und wandte um; da war Etwas. Es war ihr Name. Blutroth wurde sie, aber sah ihn immer an. Dann nahm sie muthwillig die Feder, schrieb daneben Burg, verschlang beide, langte schnell den Schlüssel herab und stieg hinauf zu dem Bücherschatze. Den Schlüssel ließ sie von außen stecken.

Da war sie in dem Heiligthume. Auch hier webte derselbe Geist, welcher sie in seiner Schreibstube so bewegt hatte. Mit Ehrfurcht sah sie zu den hohen Schränken, den Lederbänden empor. Es war ihr einsam und feierlich hier. Auf den Fußspitzen ging sie zu dem Kasten, über dem die Tafel: Geschichte hing, und sah sich die Rücken der Werke an, welche hier standen. Sachte zog sie einen Band hervor, blätterte, stellte ihn hinein und nahm andere. Oben entdeckte sie auf einmal die bändereiche Weltgeschichte von Becker. Muthig faßte sie die Doppelleiter, zog sie zu dem Schrein und stellte sie auf. Rasch stieg sie dieselbe empor. Mit jeder Hand ergriff sie einen Band der Weltgeschichte und gleich oben auf der Leiter setzte sie sich und begann zu lesen. Immer neue Bände nahm sie heraus. Ringsum lagen sie auf der Leiter und in ihrem Schoße. Sie blätterte, bis sie Etwas fand, das sich auf Oesterreich bezog. Das las sie begierig und suchte dann weiter. So zeigten sich die Bilder vergangener Tage vor ihrem Blicke. Sie sah den Rothbart Oesterreichs, den großen Kaiser, welcher den Hermelin mit der Mönchskutte von St. Just vertauschte; den gewaltigen Generalissimus, dessen Stern zu Eger erblich; die große Kaiserin, welche ihr Erbe gegen eine Welt in Waffen behauptete. Sie sah nicht, daß es dämmerte und immer dunkler wurde, sie starrte in den Band, und las von Joseph dem Zweiten. Das Buch zitterte in ihren Händen und sie schrak zusammen, als die Thüre aufsprang. Burg trat ein. Sie sah ihn an mit großen Augen. „Sie sind es!" stammelte sie.

„Ich bin es."

„Sie waren nicht im Amte? — ich wollte — einmal — in der Bibliothek — lesen. — Da nahm ich den Schlüssel."

„Und da sitzen Sie in dem ungeheizten Loch?" fragte er; „erkälten sich und verderben sich die Augen."

„Mein Gott, es ist wirklich ganz dunkel geworden."

„Was lesen Sie mit solcher Aufmerksamkeit?" Sie reichte ihm das Buch, er sah hinein, lange wie sinnend und lächelte. Dann blickte er zu ihr empor, die noch immer auf der Leiter saß, und reichte ihr die Hand. „Kommen Sie herab!"

Sie beeilte sich, die Bände in das Fach zu stellen. Dann nahm sie seine Hand und stieg die Stufen herab.

„Wie Ihre Hand kalt ist," sprach er; „Sie haben ja nichts auf dem Kopfe, wo ist ihre Pelzjacke?"

„Ich trage sie nicht mehr."

„Und warum nicht?"

„Nicht wo Sie herrschen. Ich will nicht mehr die Polin spielen, Ihnen gegenüber nicht mehr."

„Karola! die Pelzjacke macht Sie nicht zur Polin. Sie werden sie tragen, weil sie Sie prächtig kleidet. Sie werden Mazur tanzen und allerliebst polnisch plaudern und Krakowiaki trillern und doch Oester= reicherin bleiben. Sind wir denn Deutsche? Weiß Gott, wir haben ein Recht an das Alles, wie der Pole, und so lange unsere Gesetze die Gesetze dieses Landes sind und die Söhne dieses Volkes unter unseren Fahnen kämpfen, werde ich Mazur tanzen und Sie, Karola, werden Ihre Pelzjacke tragen, trotz einer Polin!"

„Sie werden mich beim Thee in der Pelzjacke wieder sehen," sagte Karola.

Burg schüttelte den Kopf. „Sie fragten mich," sagte er, „warum ich Sie verachte — in einem Augenblicke ..."

„Den Sie vergessen werden."

„Den ich niemals vergessen werde. — — — Ich komme, um Ihnen zu beweisen, wie hoch ich Sie achte. Dieser Abend entscheidet über mein Leben. Er führt mich in wenigen Stunden einem Unter= nehmen entgegen, dessen Gefahren ich mir nicht verberge. Ich täusche mich nicht. Wer seine Brüder verräth, kann auch den Fremden ver= rathen. Bis Sonnenaufgang ist die polnische Verschwörung zu Ende, oder ich bin nicht mehr."

„Burg!" rief Karola; „Sie gehen nicht!" Das Blut war aus ihren Wangen gewichen.

„Man erwartet mich," sagte er. „Ich werde Wort halten." Er zog ein versiegeltes Packet hervor. „Ihnen übergebe ich meine Papiere;

damit die ganze Verschwörung. Wenn ich bis zu dem Morgen nicht zurückkehre, und Sie diese Schriften verbrennen, hat die österreichische Regierung für den Augenblick jede Spur der polnischen Verschwörung verloren; aber Sie werden diese Aufzeichnungen Ihrem Vater übergeben." Er reichte ihr dieselben.

Karola drückte sie an ihr Herz. „Ja Burg! das werde ich;" rief sie, „ich danke Ihnen. — Sie achten mich, jetzt achte ich mich wieder selbst. Ich danke Ihnen!"

„Niemand erfährt, daß ich Ihnen diese Schriften anvertraut habe und vor Morgen brechen Sie das Siegel nicht. Leben Sie wohl."

„Werde ich Sie wiedersehen? — Burg! — mußten Sie dies unternehmen?"

„Entscheiden Sie selbst," erwiederte Burg. „Oesterreich geht einer Revolution entgegen. Wer kann da die Folgen eines allgemeinen polnischen Aufstandes berechnen? — Ich wage mein Leben, um ihn zu vereiteln!"

„Ja Burg. Sie konnten nicht anders handeln."

„Karola! Glauben Sie mir. Mich treibt nur die Liebe für Oesterreich. Es ist das Einzige, das ich lieben darf, und was ich liebe, liebe ich mit ganzer Seele."

Sie hörte ihn mit gesenktem Haupte. Dann richtete sie sich auf und rief: „Gehen Sie Burg! Es ist gut, daß Sie gehen. Mir sagt es das Herz. — Ihren Arm."

Burg führte sie hinab. An der Schwelle ihrer Wohnung nahm er Abschied. „Geben Sie mir die Hand Burg! Wir sehen uns wieder." — Heftig bewegt schüttelte er ihre Hand und war die Treppe hinab, während sie an ihr Fenster sprang und ihn mit dem Auge verfolgte, bis er in seinem Hausthore verschwand.

Burg kam in seine Wohnung nur, um seine Kleider zu wechseln und sich zu bewaffnen. Nachdem er die riesigen Stiefel eines polnischen Bauers, einen zottigen Schafpelz angezogen, drückte er den runden breitkrämpigen Filzhut tief in die Stirne, lud seine Pistolen und nahm sie zu sich. Dann erschien er wieder auf der Straße. Langsam schritt er längs der Häuser gegen das Kreisamt. Die Fenster des

Saales waren erleuchtet. Er blieb stehen und sah hinauf. Karola spielte Clavier und wie er horchte, so waren es die feierlichen Accorde der österreichischen Volkshymne. Es kam über ihn wie Andacht. Den Hut nahm er ab. Dann faßte er sich, grüßte noch einmal mit der Hand ihr Fenster und eilte davon.

Rüstig schritt er vorwärts. Bald hatte er die Stadt im Rücken und ging auf der Kaiserstraße. Der Wind blies eisig über die Fläche. Es war Nacht geworden. Ihm leuchtete die Mondsichel und der Schnee. Der Wald von Bielce lag vor ihm.

Da kam ihm ein greiser polnischer Landmann entgegen und grüßte ihn mit „Gelobt sei Jesus Christus!"

„In Ewigkeit Amen!" erwiederte Burg polnisch.

„Woher kommt ihr, Gevatter?" fragte der Andere, blieb stehen und schlug mit dem Steine Feuer für seine Pfeife.

„Vom Kreisamte."

„So?... Hm! Woher seid Ihr, Gevatter?"

„Aus Bielce," erwiederte Burg. Und woher seid Ihr?"

„Aus Busk. Kennt Ihr den Czarny Piotr nicht? Hm!..." vorsichtig sah sich der Bauer um, entzündete den Feuerschwamm und schob ihn in die Pfeife. „Hm!"

„Mit Gott!" sprach Burg und wandte sich, um zu gehen.

„Hört, Gevatter!" sagte jetzt der Andere; „hm, habt Ihr nichts gehört im Kreisamte?"

„Wie so?"

„Hm!..." In unser Schloß zu Busk, da kommen die Edel= leute in Schlitten. Auf einmal sind sie alle da, und wie man die Hand wendet, hat der Wind sie weggeblasen." Er stieß Burg mit dem Ellenbogen.

„Ich verstehe," sprach dieser.

„Und wie sie freundlich thun, wie im sechsundvierziger Jahre. Früher da war ich immer irgend ein Thier für den Herrn Mandatar, da hieß es: Piotr, Du Esel! Du Hund! und 1846: Gevatter Piotr, lieber, guter Piotr, dann wieder Du Esel, Du Hund, und jetzt abermals Gevatter Piotr wie vor zwei Jahren. Hm!"

Wieder stieß er Burg mit dem Ellenbogen. Der Kreiscommissär

nickte und fragte leise: „Haben sie Euch aufgefordert, es mit Ihnen zu halten?"

Wieder sah sich der alte Bauer um. „Allerdings. Aber wir werden es ihnen geben wie damals!" er ballte grimmig die Faust; „Gott soll Euch strafen, wenn Ihr jenseits des Waldes anders denkt als wir!"

Burg entgegnete: „Wenn sie uns aber Salz und Tabak geben oder am Ende die Robot schenken?"

Der Greis schüttelte den Kopf. „Dem ist nicht so. Sie versprechen viel, aber halten wenig; der Kaiser hat nichts versprochen, aber viel gehalten. Mein Bruder war Soldat und ist weit, weit marschirt nach Italien und Wien. Dort sind große Städte, sagt er, Städte wie ein Land; und sie sprechen eine andere Sprache dort und tragen sich ganz anders als wir, aber der Kaiser ist über ihnen wie über uns. Das ist ein Herr!" Wieder schlug er Feuer mit dem Steine.

Prächtig flogen die Funken und beleuchteten Burg's Gesicht. „Gott soll mich strafen!" sagte Czarny Piotr betroffen und zog seinen Hut, „das ist ja der Herr Kreiscommissär!"

„Sei ruhig, Alter," erwiederte Burg rasch und faßte ihn beim Arme, „und schweige!"

Der Bauer zuckte die Achseln. „Was soll ich darüber reden, was geht es mich an?"

„Gute Nacht, und seid auf Eurer Hut!" sagte Burg.

„Ja Herr."

„Es ist so, wie Ihr meint; die Edelleute wollen Euch von Oesterreich losreißen wie im Jahre 1846."

„Gott beschütze uns davor!"

„Gute Nacht."

„Die heilige Jungfrau nehme Sie in ihren Schutz."

Burg suchte mit schnellen Schritten den Wald zu gewinnen. Der Bauer folgte ihm mit dem Blicke. „Gevatter!" rief er plötzlich. Burg blieb stehen.

Czarny Piotr kam ihm nach. „Herr," sprach er leise, „sind Sie bewaffnet? Trauen Sie den Polen nicht; Sie gehen im Dienste des Kaisers, unseres Herrn; darf ich mit Ihnen gehen?"

„Ich danke Dir, Gevatter," sprach Burg, „das muß ich allein zu Ende führen," und verließ mit raschen Schritten den Bauer.

Da war endlich das Kreuz. Dicht beschneit stand es wie ein Gebilde der Sage am Wege und öffnete seine Riesenarme. Es regte sich hinter demselben. Burg blieb stehen, zugleich zog er seine Pistolen hervor.

„Die Parole?" rief es.

„Galizien. — Die Loosung?"

„Oesterreich."

Burg setzte die Hähne in Ruh. Eine Gestalt in langem dunklen Gewande kam auf ihn zu. Er trat ihr entgegen und sah erstaunt eine Frau in prächtigem Zobelpelz und pelzbesetzter Conföderatka.

„Eine Frau!" sagte Burg gelassen. „Meine Gnädige, Sie sind mir verdächtig."

Die Frau im Zobelpelze zuckte die Achseln. „Ich bin bereit, Ihnen zu folgen, Herr von Burg," sagte sie stolz.

„Wo ist er?"

„Pozinski liegt im Fieber. Er sendet mich. Kann er, wie bisher, auf strenges Geheimniß rechnen?"

„Ich bürge ihm mit meiner Ehre dafür."

„Er vertraut Ihnen. In diesen Papieren übergebe ich Ihnen die ganze Verschwörung. Da!"

Burg griff hastig darnach und verbarg die Schriften in seiner Brust. „Und hier die Namen der Verschworenen. Ah!"

Die Liste fiel zu Boden. Rasch bückte sich Burg, sie aufzuheben. Da schlug ihn die Frau im Zobelpelze mit voller Kraft in das Genick und stieß zugleich einen gellenden Pfiff aus. Es war Waleska. Burg stürzte zu Boden. Sie setzte den Fuß auf seinen Nacken. Andere stürzten herbei; es war ein kurzes Ringen. Jetzt war er gebunden. Sie richteten ihn auf.

„Ein Ruf, ein Versuch, sich zu befreien, und Sie sind verloren," sagte Waleska und hielt ihm das Pistol vor.

„Ich sehe, ich habe verspielt," murmelte Burg; „ich unterliege, nicht Oesterreich. Ihr aber werdet furchtbar enden, und mit Euch das neue Polen, denn das Volk ist gegen Euch!"

Waleska winkte den bewaffneten Männern, welche Burg umgaben, dann wandte sie sich zu ihm: „Bereiten Sie sich zum Tode!"

Herzlos sah sie ihm ins Auge. Dieses allein verrieth eine Bewegung seiner Seele. Ohne zu erbleichen, ruhig hörte er, was sie ihm verkündete. „Ich bin bereit," sprach er.

„Für den Kaiser?" höhnte Waleska.

„Für Oesterreich und meinen Kaiser."

„Hängt ihn auf diesen Ast," befahl Waleska kurz; dann trat sie zu ihm und legte die Hand auf sein Herz. „Wunderbar!" sprach sie, „sein Herz schlägt nicht einmal stärker. Genug der Versuchung. Ihr Leben ist sicher unter uns, wie in Ihrem Kreisamte. Nur Ihrer Freiheit muß ich Sie für einige Zeit berauben. Sie wurden mir geschildert. Ich habe noch wenig Männer gekannt. Ich wollte Sie kennen lernen bis in das Innerste Ihrer Seele, darum versuchte ich Sie. Hier meine Hand, Sie sind ein Mann! Und ein Mann wie Sie begeistert sich für Oesterreich? ... Ich fange an, an Oesterreich zu glauben. Jetzt fort! Verzeihen Sie, ich muß Sie knebeln lassen."

Es geschah. Mit vier wilden Pferden bespannt sauste der Schlitten heran. Waleska stieg ein.

„Sie müssen für einige Zeit zu meinen Füßen liegen, ob Sie mir huldigen wollen oder nicht."

Waleska's Begleiter hoben den Gefangenen hinein und legten ihn auf den Boden des Schlittens. Waleska zog die Wolfsfelle über ihn bis an ihre Kniee herauf. Die Peitsche knallte, die Glöckchen klangen und der Schlitten flog auf der festgefrorenen Straße dahin. Angesichts des Schlosses von Busk folgte demselben Etwas wie ein Schatten. Als sie vor dem Thore hielten, verschwand es zwischen den Weiden.

„Was ist das? ... Seht! ... dort!" rief Waleska. Sie richtete sich halb auf und wies auf die beschneiten Büsche. Schnell entschlossen zog sie ihre Pistolen hervor und schoß hinüber. Einer ihrer Begleiter sprang in das Gebüsch; es war Kaminski.

„Sie sehen Gespenster," rief er von weitem schon.

Eben kam Roman an den Schlitten. „Ich habe Lozinski's Papiere," sprach er.

„Und ich Burg!" entgegnete triumphirend Waleska.

---

## X.

Oede waren die Gassen der Kreisstadt, stille und dunkel ihre Häuser; nur im Starostenschlosse ein Fenster dämmernd erhellt. Warf der Mond sein Licht über dasselbe? — Jetzt erschien an diesem Fenster ein schönes bleiches Mädchen. Es stützte den Kopf in die Hände, sah unbeweglich in die helle Winternacht; dann kehrte es zu seinem Bette zurück, zu der Lampe, die den grellen Schein auf die Scheiben warf, und las die Geschichte Oesterreichs. Bei dem ersten Hahnenrufe richtete sich Karola wieder auf. Im Osten war ein blasser Streifen Licht. Von der Straße herauf tönte der leichte Hufschlag eines Pferdes. Die Lampe verlöschte, sie trat an das Fenster. Ein Bauer ritt langsamen Schrittes in die Stadt ein. Dem Kreisamte gegenüber stieg er ab, band seinem kleinen mageren Pferde den Futtersack um den Hals und setzte sich auf die Stufen eines gegenüberliegenden Hauses. Das braune Gesicht, um das verwirrt die grauen Locken hingen, stützte er in die sehnigen Hände und sah zu den Fenstern des alten Schlosses empor.

Karola war es, als suche er sie. Aufgeregt eilte sie, etwas über sich zu nehmen und öffnete das Fenster. „Was wollt Ihr da?" rief sie hinab.

Der Landmann stand ehrerbietig auf und kam, den Hut in der Hand, unter das Fenster. „Gnädiges Fräulein," sprach er, „die Herren haben den Herrn Kreiscommissär gefangen genommen."

„Wen?"

„Den Herrn Burg."

„Mein Gott!" rief Karola aus der Tiefe ihrer Seele. Ohne das Fenster zu schließen, ohne sich anzukleiden, rannte sie hinab, schlug mit der Faust an die Thüre des Pförtners. „Oeffne! öffne! Um Gotteswillen, öffne!"

Der Pförtner sprang aus dem Bette; verstört kam er heraus. Karola riß den Schlüssel aus seiner Hand und sperrte selbst das Thor auf. Czarny Piotr trat in den Flur.

„Warst Du dabei?" fragte sie mit bebender Lippe.

„Ich war dabei."

„Und Du hast ihn nicht gerettet? Sie tödten ihn."

„Das wird Gott nicht zugeben," sagte der Bauer.

„Wie geschah es?"

„Gnädiges Fräulein, es geschah im Walde von Bielce. Ich Czarny Piotr war dem Herrn Kreiscommissär begegnet; ich wollte ihn begleiten. Er erlaubte es nicht. Ich aber dachte: er folgt seinem eigenen Kopfe, gut, und ich dem meinen, und folgte ihm von weitem. Im Walde am Kreuze sehe ich, wie Jemand mit ihm spricht. Ich schnell zwischen die Bäume und spähe. Da springen sie aus dem Dickicht, werfen den Herrn Kreiscommissär zu Boden ... Gott strafe sie! ... und bringen ihn in einen Schlitten. Da erkenne ich die Pferde von unserem Schlosse und laufe, so rasch ich laufen kann, auf dem Fußwege durch Dickicht und Schnee, so bin ich am Thore von Busk, ehe sie auf der Fahrstraße anlangen. Wie ich in dem Busche liege, sieht mich Jemand in dem Schlitten. Zweimal schießen sie auf mich und eine Kugel trifft mich." Bei diesen Worten zog er seine Leinwandhose empor und zeigte sein blutiges Bein. „Ich in das Dorf, im Dorfe auf das Pferd und hierher."

„Du redlicher Alter," sprach Karola; „und Du bist dessen gewiß, daß sie ihn in Busk gefangen halten?"

„Gewiß."

Das Fräulein pochte an die Thüre des Stalles. „Aufgemacht, Kutscher!"

„Da bin ich."

„Anspannen!"

„Anspannen?" wiederholte der Kutscher ungläubig.

„Schnell! an den Schlitten, alle unsere Pferde!" rief sie haftig, winkte dem Bauer und sprang die Treppe hinauf.

Als Czarny Piotr in das Vorzimmer trat, kam sie ihm schon entgegen. „Zeige Deine Wunde!"

Der Greis kratzte sich am Kopfe und zuckte die Achseln.

„Schnell," versetzte das Fräulein und kniete auf den Boden. Zögernd entblößte er das Bein. Sie aber wusch und prüfte die Wunde und verband sie in wenig Augenblicken, preßte die blonde Fülle ihres Haares in eine Winterhaube, hüllte sich in einen Sammtmantel und stieg ein.

„Nach Bielce!" befahl sie.

Der Landmann schwang sich auf sein Pferd und sprengte neben dem Schlitten, der, von vier kleinen feurigen galizischen Pferden gezogen, auf der Straße dahinflog. Angesichts von Bielce wies der Landmann schweigend auf das Schloß. Sie hielten vor dem Thore. Der Landmann sprang ab und pochte. Hundegebell antwortete seinen Schlägen.

„Poche, poche!" schrie Karola, „schlage das Thor ein."

Wieder tönten die Schläge des Bauers. Ein Fenster sprang auf, ein Kopf erschien. „Wo ist Dein Herr?" fragte das Fräulein.

„Der Herr schläft."

„Jage ihn aus dem Bette und öffne."

Der alte Diener führte Karola in den Saal. Dort verließ er sie. Das Fräulein schritt unruhig auf und ab. Es klang die Thüre. Sie wandte sich um. Roman und Karola standen einander gegenüber. Er trat zurück, verwirrt von ihrem Anblicke, verbeugte sich, stammelte einige Worte der Entschuldigung. Sie hörte ihn unbeweglich an. Die Hand hatte sie auf die hohe Lehne eines Polstersessels gelegt, das tiefblaue Auge, dem er zu entgehen suchte, auf ihn gerichtet. Roman lud das Fräulein mit einer Bewegung der Hand ein, Platz zu nehmen, dann fragte er: „Was ist geschehen? Was führt Sie zu mir zu dieser Stunde?"

„Es tagt," erwiederte Karola ruhig, „auch habe ich Begleiter. Ich ließ sie unten bei meinem Schlitten, denn ich habe mit Ihnen allein zu sprechen. Langsam schritt sie gegen den Edelmann und legte die Hand auf dessen Schulter. Sein Antlitz loderte und er zitterte unter der Berührung dieser Hand.

„Roman, Sie haben Burg gefangen genommen; was haben Sie mit ihm gethan?"

„Sie sind falsch berichtet," erwiederte Jener.

Heftig rief sie: „Sie haben sich seiner mit Gewalt bemächtigt, durch List und Verrath, heute Nacht in dem Walde von Bielce, wo das Kreuz mit dem Erlöser steht. Sie brachten ihn in das Schloß von Busk. Ein Bauer war dabei, er hat weiße Haare, ich glaube ihm."

„Ich sehe, Sie sind gut unterrichtet."

„Nur nicht über sein Schicksal."

„Beruhigen Sie sich."

„Roman! Sie liefern ihn mir aus!"

„Es ist Ihre erste Bitte, Karola, und ich muß sie abschlagen," entgegnete der Pole; „mir blutet das Herz."

„O, ich bitte nicht, ich verlange es!"

„Vergebens," sagte Roman.

„Sie haben ihn getödtet!" schrie das Mädchen auf.

„Welcher Verdacht!"

„Sie haben ihn getödtet, weil er Ihre Pläne kannte, weil die Verschwörung in seiner Hand war. Wehe den Polen!" fuhr sie fort, den Arm drohend erhoben. „Wehe, wenn sein Blut an Ihren Händen klebt. Er wird gerächt! Im Tode noch schützt er sein Oesterreich. Er hat Papiere, welche den Aufstand enthüllen. Diese Papiere sind in meiner Hand, und vor Ihrem Thore steht der Landmann, welcher gegen Euch aussagt mit einem heiligen Eide. Nehmen Sie auch mich gefangen, tödten Sie mich, wenn Sie es wagen!"

„Karola," sagte Roman, „Sie werden mir diese Papiere ausliefern."

„Das werde ich nicht! Ich werde Sie anklagen auf Hochverrath! Ich habe Zeugen und Beweise."

„Bei meiner Ehre, Burg ist unversehrt. Aber Sie sind außer sich," sprach Roman, „fassen Sie sich. Dieser Schritt, dieser Besuch vor Tagesanbruch, diese Drohungen, diese Aufregung, ich verlange darüber Aufklärung von meiner Braut."

„Sie haben ein Recht auf dieselbe. Noch bin ich es," erwiederte Karola. „Sie soll Ihnen zu Theil werden. Hören Sie also: Dieses Land ist meine Heimath wie Ihre; polnisch war mein Wiegenlied, das erste Wort, das ich sprach. War mein Vater ein österreichischer Beamter, war dem Kinde der Kaiser Etwas, woran es glaubte, wie an seinen Gott, war ihm Oesterreich die Welt, das Leben; konnte es nicht auch die Sprache lieben, welche es zuerst sprach, das Volk, das diese Sprache redete? Mußte das Mädchen, das deutsch sprach, dessen Herz schlug, wenn bei der Heerschau das „Gott erhalte" ertönte, wenn bei Tische von seinem Vaterlande, von den Stämmen, die es bewohnen, von den Geschicken desselben, von seinem Unglück, von seinem Ruhme, die Rede war, nicht auch erregter lauschen, wenn man von seiner Heimath sprach, von der Republik, deren Szepter sie einst gehorchte, von dem Ende Polens, von seinen Leiden, von den Heldenkämpfen seines Volkes um das verlorene Vaterland? Ich liebte Oesterreich und träumte von Polen. Ein Mädchen, kaum klüger als ein kleines Küchlein, kam ich auf den ersten Ball. Sie tanzten mit mir, Sie sagten mir: Ein Leiden ohne Ende sei über Polen verhängt, Ihr Dasein sei Verzweiflung, aber in meinen Augen sei der Himmel. Sollte ich nicht für Sie schwärmen? Sie waren ein Pole und huldigten mir. Meine Eltern empfingen Sie mit offenen Armen, wie man in Galizien jeden Gast empfängt. Sie kamen immer wieder, lange Abende saßen Sie mit uns am Tische, am Kamine, Sie erzählten von Ihrem Volke, von Ihrem alten Reiche und was Sie erzählten, war so rührend. Bald war ein Tag, ein Abend, wo Sie nicht erschienen, aus meinem Leben gelöscht, und kamen Sie, so zitterte ich, wenn ich Ihre Stimme hörte. Ich liebte Sie, ohne es zu wissen, ohne mir es selbst zu gestehen. Sie öffneten mir Ihr Herz, wie einem Beichtvater. Mir, der Oesterreicherin, der Tochter des Kreishauptmannes, vertrauten Sie die Pläne der polnischen Patrioten. Das berauschte mich. Das Geheimniß, welches Sie in meinen Augen wie ein Heiligenschein, wie der Strahlenkranz eines Märtyrers umgab, wurde auch mein Geheimniß, und ich auf diese Weise Theilnehmerin an Ihrer Verschwörung gegen meinen Kaiser. Ich unterrichtete Sie über alle Maßnahmen der Regierung. Ich sah in mir den Schutzengel des unglücklichen Polens und war Verrätherin an Oesterreich, an meinem Vater, meinem Vaterlande, an mir selbst." Thränen stürzten aus Karola's Augen und sie verbarg ihr Antlitz in ihren Händen.

„Tief beschämt stehe ich vor Ihnen," versetzte Roman, nachdem er sie lange schweigend betrachtet. „Ihre Worte klagen mich schwer an, und mein eigenes Herz richtet mich."

Wild blickte Karola auf, die großen Augen voll Thränen, wild rief sie: „Ich will Burg befreien! Ich habe ihn verrathen, als ich Oesterreich verrieth, ich allein bin Schuld daran, daß er in Ihrer Gewalt ist. O! er wird mich verwünschen, verachten; wäre ich nicht, Burg wäre frei, und Sie lägen in Ketten! Ich will gut machen, was ich gesündigt habe an ihm, an Oesterreich. Liefern Sie ihn aus!"

„Unmöglich," entgegnete der Pole fest.

Karola hob den Kopf, Auge und Angesicht eine Flamme. „Bedenken Sie, was Sie thun! Ich bin nicht mehr das Kind, das von Polen träumte; das Mädchen, das vor Freude glühte, wenn es einen Schnürrock, eine Pelzjacke sah, ein Polenlied hörte, das Oesterreich ein herrliches Land, ein treues Volk entreißen wollte, um die Auferstehung des todten Polen zu feiern. Die Phantasie hat keine Gewalt mehr über mich. Es handelt mein Herz. Damals fühlte ich es gleich, als Sie sich zu meinen Füßen warfen. Ich gab Ihnen meine Hand; nicht mein Herz. Vor den Altar mit Ihnen treten, das konnte ich denken, aber ich zitterte vor dem Hause, in das Sie mich als Herrin führen wollten, vor den Menschen, mit denen ich verkehren sollte als die Gemahlin eines polnischen Edelmannes. Damals wollte ich es mir nicht gestehen. Aber jetzt weiß ich es. Ich war krank, ich bin gesund! ich bin frei!"

Es war eine Majestät in dem Mädchen, als es dies sprach, vor welcher sich der Pole beugte. „Sie haben unseren Bund gelöst," antwortete er gelassen; „nicht mich haben Sie geliebt. Sie küßten in mir das unglückliche Polen."

„Sie thun mir Unrecht, Herr Roman Potocki, ich fühlte lebhaft für Sie und ich fühle es noch, allein Ihr Weib kann ich nicht werden."

„Sie geben mich auf, wie Sie Polen aufgegeben haben, mit leichtem Herzen."

„Was ich liebe, gebe ich nicht auf," erwiederte Karola zornig, „ich weinte, weil ich Polen nicht lieben durfte, wie ich Oesterreich liebe. Jetzt erst verstehe ich mein Gefühl; ich liebe meine Heimath Galizien, nicht Euer getheiltes Vaterland, und diese Liebe macht mich zur Oesterreicherin. Ich liebe dieses Land, weil es mir das Leben gab, wie es der Pole liebt; und weil ich es liebe, will ich es behaupten gegen Euch! Hier ist Oesterreich wie in den Bergen von Tirol! Hier ist ein Volk, das kaiserlich sein will wie jenes, das Andreas Hofer führte, und wer es Oesterreich entreißen will, der ist mein Feind!"

„Jetzt erst verstehe ich Sie", antwortete der Pole, das dunkle Auge auf den Boden geheftet, „Sie haben Recht. Sie können den Mann nicht lieben, der die schwarzgelben Schlagbäume zertrümmern will in diesem Lande, die Adler herunterreißen, der seinen Arm bewaffnet gegen Ihren Kaiser, Ihre Soldaten, Ihr Volk! Auch ohne das. Ich verdiene es."

„Nein Roman! und auch Sie denken nicht schlechter von mir, weil ich wahr bin gegen Sie. Gestehen wir es. Wir haben uns geirrt. Sie fühlen es wie ich. Ich bin Ihnen fremd, fremd in Allem, was uns Leben ist. Sie werden ein Weib finden, welches Ihr Gebet mitsprechen wird, und Ihren Fluch! Eine Polin!"

Roman senkte verwirrt das Haupt. Dann faßte er männlich des Fräuleins Hand und sprach mit tiefer Bewegung: „Karola, glauben Sie mir; ich bin nicht werth, diese Hand nur zu berühren. Sie sind wahr. Mein Wort war Lüge, mein Handeln Betrug bis zu diesem Augenblicke. Ich liebe. Ich bin in der Gewalt eines Weibes, das ich anbete und verfluche in einem Athem, vor dessen Küssen ich schaudre und dessen Fußtritte mich selig machen würden. Brechen Sie den Stab über mich. Ich habe Sie verrathen!"

„Nein! Sie haben gekämpft, Sie haben gelitten, ich breche nicht den Stab über Sie. Nicht Sie klage ich an, wie ich nicht schuldig bin. Es war unser Schicksal, und mir wird es eine Erinnerung bleiben für das Leben, wie das Glück eines Traumes!"

„O! Karola!" rief Roman leidenschaftlich, „lassen Sie mich Ihre Füße küssen."

Das Fräulein hielt ihn ab. Er küßte die Hand, mit der es ihn aufgerichtet und netzte sie mit seinen Thränen.

„Auch Ihre Seele wird gesund werden," sprach Karola. „Und die Liebe, welche Sie gequält hat als eine Sünde, wird über Sie kommen wie ein Glück, wie Freude, Andacht, Friede! Das ist Liebe! Lieben, wo der Mann liebt, hassen, wo er haßt, in seiner Kirche beten, in seinem Volke leben, mit ihm weinen wie lachen, und seinen Gedanken, seine Unternehmung am Herzen tragen wie sein Kind!"

„Karola!" rief Roman überrascht, „Sie lieben Burg!"

Sie schrak zusammen. Die Blässe des Todes überflog ihr Antlitz und die Hände vor dem Gesicht, brach sie in ein heftiges Weinen aus.

„Sie lieben ihn!"

Sie schluchzte.

„Wunderbares Märchen!" sprach der Pole leise vor sich hin. „Sie weiß es nicht, ich muß es ihr sagen."

Mit einer leidenschaftlichen Bewegung trocknete Karola ihre Augen. „Sie geben mir ihn nicht?" sagte sie erregt.

„Nein!"

„Dann rufen Sie ein neues Finis Poloniae!"

„Noch nicht. Wir entfalten das Banner des Aufruhrs."

„Bereiten Sie sich auf das Aeußerste. Leben Sie wohl!"

Mit raschen Schritten verließ sie den Saal, das Schloß, bestieg den Schlitten und befahl dem Kutscher, nach Busk zu fahren.

Es war Morgen. Im Dorfe ließ sie halten, stieg ab und eilte so rasch, daß Czarny Piotr ihr nur mit Mühe folgen konnte, zu der Kirche und in die Sacristei. Hier fand sie den Kirchendiener. Der reinigte Gefäße für den Gottesdienst. „Wo geht es auf den Thurm?" fragte das Fräulein mit gebietendem Blicke. Erstaunt, die Gefäße in der Hand, wies ihr der Sacristan den Weg. Sie eilte empor, mit ihr der Bauer. Da war sie, wo die Glockenstränge herabhingen, ergriff dieselben mit leidenschaftlicher Hast und läutete.

„Was thun Sie?" schrie entsetzt der Kirchendiener.

„Ich läute Sturm!"

Dann stieg sie hinab zu der versammelten Menge. Die Landsleute erkannten sie, rissen die Hüte von den Köpfen, drängten sich zu ihr, um mit gebeugtem Knie den Saum ihres Kleides zu küssen.

„Landsleute!" rief das Fräulein polnisch. „Hört mich! Die Herren empören sich gegen den Kaiser!"

„Wir wissen, wir wissen es!" tönte es von vielen Lippen.

Vorwärts drängte sich ein Mann mit blauer, weißpassepoillirter Militärhose, es war ein Urlauber. Das Fräulein küßte er auf die Achsel, hierauf sagte er: „Sie senden Leute aus, wie im sechsundvierziger Jahre, welche die Bauern fragen, ob sie es mit ihnen halten."

Ein Bauernweib fügte bei: „Die Robot wollen sie uns schenken."

„Der Zahltag kommt!" schrien Andere und drohten gegen das Herrenhaus.

Karola stieg auf den verwitterten Grabstein, welcher an der Kirche eingemauert war, und rief mit lauter Stimme: „Landsleute! die Herren haben heute Nacht den Burg gefangen genommen!"

„Herrn Burg!" schrie der Urlauber.

„Diesen edlen Herrn!" wehklagten Andere.

„So einen schönen Mann!" betheuerte das Bauernweib.

Der alte Piotr unterbrach sie lebhaft: „Ich war dabei. Sie haben ihn gebunden."

„Die Hunde!" fluchte der Urlauber; „Einen, der dem Kaiser dient!"

„Gebunden und in unser Schloß gebracht. Ich habe sie verfolgt und sie haben auf mich geschossen zweimal!" Er zog die Hose empor und wies auf seine Wunde.

Verwundert umringten ihn die Bauern, besahen die Wunde und fluchten den Herrenleuten.

„Sie müssen ihn herausgeben!" sprach der Urlauber.

Das Fräulein aber jauchzte: „Wir befreien ihn. Ich fahre in die Stadt, in allen Dörfern werde ich Sturm läuten, Alles zu den Waffen rufen!"

Czarny Piotr flüsterte in diesem Augenblick: „Ich bleibe hier."

Das Fräulein fragte: „Was willst Du?"

„Hetzen, Fräulein, hetzen!"

„Zu Pferde!" schrie der Urlauber; „reiten wir nach Bielce, nach Dabrowa, nach Komorow, nach Stratyn, rufen wir die Gemeinden zusammen!"

„Zu Pferde!" rief Karola, sprang in den Schlitten und grüßte im Wegfahren die Leute, welche ihre Hüte schwenkten, mit der Hand.

Der alte Bauer richtete sich auf seinem kleinen Pferde hoch auf: „Und jetzt hervor die Dreschflegel, hervor die Sensen! Die Zeit ist da, wo die Adelsherrschaft endet. Unser Herr ist der Kaiser, einem andern Herrn gehorchen wir nicht mehr. Hervor die Sensen!"

„Los! los! auf die Herren!" schrieen die aufgeregten polnischen Bauern und zerstreuten sich, um sich bewaffnet wieder zusammenzurotten.

Karola langte indeß, in dem Schlitten hoch aufgerichtet, vor dem Kreisamte an. Sie flog die Treppe empor. Athemlos trat sie in den Saal.

„Mein Vater!" rief sie, „Burg ist gefangen von den Polen! — Heute Nacht! — Hier seine Papiere. — Die Verschwörung — ist zu Ende, der furchtbarste Kampf beginnt! Der Adel greift zu den Waffen! Es ist ein Bürgerkrieg, Bruder gegen Bruder. Die Bauern stehen auf für Oesterreich!"

## XI.

Roman kniete zu den Füßen seiner Mutter. „Segne mich," sprach er, „wir sind verrathen; ich reite nach Busk... die nächste Stunde entscheidet, ob wir zu den Waffen greifen, ob wir über die Gränze fliehen."

Die greise Herrin schloß ihn an ihr Herz und ihre Thränen flossen über ihn. Der alte Kammerdiener meldete verstört, daß die Leute in Bereitschaft seien. Er selbst hatte einen alten rostigen Palasch umgegürtet.

„Was willst Du, Alter?" fragte der Edelmann lächelnd.

„Für das Vaterland kämpfen."

„Du bleibst bei der Herrin, sie wirst Du schirmen und mein Haus."

Der Greis warf sich vor Roman auf die Knie, küßte seine Hand und weinte bitterlich. Der Edelmann nahm Säbel und Pistolen, küßte noch einmal die Mutter und stieg hinab. Da waren seine Leute, ein Dutzend Männer mit entschlossenen Gesichtern, gut bewaffnet, zu Rosse. Der Kosak führte Roman das Pferd vor. Im Sattel rief er: „Polen ruft seine Söhne; wer das Vaterland liebt und seinem Herrn treu ist, folgt mir, ich reite nach Busk. Wem sein Leben lieber ist als die Freiheit, der bleibe hier." Tiefes Schweigen antwortete seiner Ansprache; als jedoch Roman sein Pferd in Bewegung setzte, folgten sie ihm alle. Die Herrin stand auf dem Altane und winkte mit dem Tuche, der alte Diener am Thore grüßte mit der blitzenden Waffe.

Da sprang ein Mann über den Steg und fiel dem Pferde des Edelmanns in den Zügel. „Was thust Du, Löwy Moises?" rief dieser, „ich habe Eile."

„Kehren Sie um, kehren Sie um," stammelte der Jude und rang nach Athem.

„Biete mir die Welt, ich reite doch!"

„Kehren Sie um, ich muß mit Ihnen reden... es gibt ein Unglück," und jammernd hing er an dem Halse des Pferdes.

„Hinweg!"

„Reiten Sie über mich," schrie der Jude. „Weh! Weh!"

„Ich kehre nicht um," sprach Potocki, „allein ich will Dich hören."

Er wandte sein Pferd, winkte seinen Leuten, stehen zu bleiben, und sprengte zurück.

Der Jude lief ihm nach und als er hielt, hing er sich an seinen Bügel. „Herr! Herr!" flüsterte er in zitternder Erregung, „unsere Leute sind gekommen vom Markte, die Schänkwirthin von Dabrowa und der Fleischhacker von Busk. Es heißt, in Wien wird geschossen, und drüben an der Weichsel sitzt der Adel im Sattel mit Säbel und Pistolen — und die Bauern laufen zusammen gegen Polen."

„Unsinn!" rief Roman, „der Bauer ist dumm und geht mit dem, der ihm Schnaps gibt."

„Der Bauer ist nicht dumm," entgegnete der Jude rasch; „der Edelmann kennt den Bauer nicht, der Jude kennt ihn. Er ist schlau auf dem Markte und im Handel."

„Wo es seinen Vortheil gilt. Wir schenken ihm die Robot, und er zieht mit uns."

„Gott soll mich strafen!" schrie der Jude, Sie sind blind und taub, Sie sehen nicht mit sehenden Augen, und hören nicht mit gesunden Ohren. Haben Sie vergessen das sechsundvierziger Jahr? Der Bauer ist wie ein Stein in seiner Liebe, Treue und Dankbarkeit, wie in seinem Hasse; er haßt Polen, und liebt den Kaiser von Oesterreich."

Roman wandte unwillig sein Pferd. Der Jude warf sich auf die Erde und hob die Hände zu ihm. — „Herr! Herr! Ich hab' Sie getragen auf diesen Händen... Glauben Sie einem treuen Mann! Die Dörfer läuten Sturm, die Bauern greifen zur Sense... Sie haben den Burg gefangen, den liebt das Volk... es rottet sich zu Haufen und umringt das Schloß von Busk."

Der Edelmann erblaßte. „Dann hat sie die Regierung gezahlt und aufgeregt. Sie sind betrunken, ich will sie nüchtern machen!"

Krampfhaft hing der Jude an ihm. „Werfen Sie weg die Waffen," schrie er, „die Bauern erschlagen Sie."

Vergebens. Der Edelmann gab seinem Pferde die Sporen, daß es den Juden wegschleuderte, und sprengte davon, ihm nach seine Leute.

Der Jude heulte: „Weh, weh! Nehmt mich mit," und rannte ihnen nach.

Wie Roman mit seinen Leuten im Dorfe Busk einritt, fand er die Bauern vor der Kirche zusammengerottet. Die Sturmglocke heulte, Sensen blitzten über der wilden Versammlung.

„Macht Euch schußfertig," befahl er seinen Leuten, ließ sie auf der Straße halten und gab seinem Thier die Sporen. Angesichts der Bauern rief er mit kräftiger Stimme: „Was versammelt Ihr Euch mit Waffen in der Hand? Was läutet Ihr Sturm? Wißt Ihr, daß dies Aufruhr ist?"

Ein lautes Lachen antwortete seinen Worten. Der Urlauber schrie heftig: „Auf dem Kreisamte wissen sie gut, wer die Aufrührer sind, wir sind kaiserlich," und fiel Romans Pferd in die Zügel.

„Zurück!" schrie der Edelmann, und ließ sein Pferd einen Satz machen. Der Urlauber sprang mit einem Fluche seitwärts.

Andere Bauern liefen herbei. Roman setzte über den nächsten Graben und zog seine Pistolen. Die Bauern blieben hierauf stehen. Der alte Piotr ritt langsam heran, und der Urlauber, der einzige unter ihnen, der eine Schießwaffe hatte, spannte mit Hilfe des Knies seine einläufige Flinte und stellte sich dem Edelmann entgegen.

Dieser rief: „Seid Ihr gedungen, wie im sechsundvierziger Jahre Jeden, der keinen Bauernkittel trägt, zu morden, so mordet mich; seid Ihr Christen, so hört mich, denn ich will mit Euch sprechen."

„Wir sind keine Mörder," antwortete es von allen Seiten.

„Uns hat Niemand bezahlt!" schrie der Urlauber.

Piotr hielt am Graben und sprach: „Herr! sprechen Sie, wir wollen hören, was Sie uns zu sagen haben."

So standen sie sich gegenüber am Graben. Hier die Bauern, schlanke, aber kräftige Gestalten, theils zu Fuß, theils auf kleinen, mageren Pferden, in grobe Leinwand und Schafpelze gekleidet, die breitkrämpigen Strohhüte, die zottigen Haare tief in die Stirne, auf ihre Sensen oder Dreschflegel gestützt; drüben der Edelmann auf seinem prächtigen Rosse im Zobelpelze, die damascirten Läufe auf die wilden Landleute gerichtet. Er nahm das Wort. „Was wollt Ihr? Bewaffnet umringt Ihr das Schloß Eurer Herrin. Wollt Ihr frei sein von Unterthänigkeit und Robot? Wir wollen sie Euch schenken, aber der Kaiser will es nicht; er wird Euch niederschießen lassen wie wilde Thiere, denn was Ihr thut, ist Aufstand."

„Das wird er nicht!" entgegnete der greise Bauer. „Der Herr fragt, warum wir das Schloß unserer Herrin umlagern? Weil Krieg ist zwischen uns und Euch ... und Ihr ... Ihr habt ihn begonnen, Ihr habt den Kreiscommissär Burg gefangen genommen, Ihr habt auf mich geschossen und mich verwundet."

„Wo?... das ist eine Lüge."

„Ich lüge nicht! Das war drüben bei den Weiden, diese Nacht, als Ihr den Kreiscommissär im Schlitten nach Busk gebracht. Ihr habt das erste Blut vergossen."

„Ich sehe," sagte rasch der Edelmann, „Ihr seid lüstern nach Blut, habt wieder Blutgeld bekommen, wie im Jahre 1846. Sagt an, wie viel für den Kopf? Ich zahle mehr!"

Ein unwilliges Gemurmel begrüßte diese Aufforderung. Czarny Piotr ballte die Faust und sagte voll Grimm: „Wir sind keine Henker, wir sind nicht bezahlt."

Der Urlauber senkte seine Flinte und sprach: „Wie ist das? Ihr nennt Euch Freunde des Vaterlandes und glaubt nur an bezahlte Liebe zum Vaterlande? Ich bin ein einfacher Mann, aber ich habe dem Kaiser gedient mehr als zehn Jahre und weiß, wie es bei uns ist und anderswo. Ja, Ihr wollt uns ködern, die Robot schenken, freies Salz, freien Tabak geben, und weil wir unserem Herrn, dem Kaiser treu sind, so glaubt Ihr, das thun wir für Geld. Ihr bietet einen Preis, und seht, wir wollen Eure Ducaten nicht, nicht Eueren Tabak, Euer Salz, nicht das Geschenk der Robot. Wir wollen nichts von Euch Polen, denn wir lieben Oesterreich."

„Wißt Ihr auch, warum Ihr es lieben müßt?" fragte Roman höhnisch, „haben Euch die Beamten auch das gesagt?"

Einen zornigen Blick warf Czarny Piotr auf den Edelmann, dann nahm der Greis seinen Hut vom Kopfe, und die Hand zum Himmel erhoben, mit flatterndem, silberweißem Haare, sprach er: „Das hat uns Gott gesagt, der uns das Herz gab für Unbill wie für Wohlthat, das haben uns unsere Väter gesagt, die im alten Polen lebten. Warum liebt Ihr Polen? Weil es im alten Polen den Herren, dem Adel gut ging; uns ist es damals schlecht, sehr schlecht ergangen, wir aber lieben Oesterreich, wie Ihr Polen. Glaubt Ihr, der Bauer hat kein Gedächtniß, weil er nicht lernt, was Ihr lernt? Wäre der Kaiser, wie Ihr, nicht für alles Gold der Erde würden wir ihm gehorchen, nicht mit seinen Groschen hat er uns gekauft. Wie unsere Väter lebten, da war dieses Land wüste, und wir Bauern wurden von den Herren mit der

Peitsche getrieben wie das Vieh. Was war das für ein Vaterland? Da nahm der Kaiser dieses Land, und wir haben unseren Grund und Boden, unsere Hütten; bei dem Kreisamte kann der Bauer klagen wie der Edelmann, und das Gericht richtet den Bauer aus demselben dicken Buche, wie den Edelmann. Das hat der Kaiser gethan, und jetzt haben wir ein Vaterland!"

Tief hatten die Worte des Landmannes den Herrn von Bielce berührt. Er hatte das Auge auf den Boden geheftet; jetzt erhob er den düsteren Blick und rief: „Und Ihr seid bereit, für Oesterreich zu kämpfen? zu sterben?"

„Das sind wir, Herr!" antworteten hundert Stimmen.

„Für den Kaiser und sein Reich," betheuerte der Urlauber, die Hand auf dem Herzen, „ziehen wir unter dieser Fahne mit dem schwarzen Adler in deutsche und in wälsche Länder; sollen wir nicht für sie fechten auf unserem Grund und Boden?"

„Finis Poloniae!" murmelte Roman und legte die Hand vor die thränenfeuchten Augen. „Mit Polen ist es zu Ende, das Volk ist gegen uns und unser Reich!"

„Genug der Worte!" rief der Urlauber, „wenn Ihr kein Rebell seid, so legt die Waffen nieder, Herr!"

Roman hob den Lauf seines Pistoles. Auch der Urlauber machte sich schußfertig. Die Landleute hoben ihre Sensen empor. Da sprang der alte Factor von Bielce über den Graben mitten unter die Bauern. „Gott soll Euch strafen, was thut Ihr?" schrie er, und hob beschwörend die Arme.

„Der Herr soll die Waffen niederlegen," verlangte der Urlauber.

„Damit Ihr ihn mordet," rief der Jude. „Weh! weh! Ich sehe Galgen neben Galgen an der Straße von Busk, und auf jedem Galgen hängt Einer von Euch, denn Ihr mordet, und der Kaiser läßt die Mörder hängen."

„Wir morden nicht, wir tödten nur die Feinde des Kaisers," tobten die aufgeregten Bauern.

„Wenn der Herr kaiserlich ist, so ziehe er mit uns gegen die Polen!" sagte Piotr.

„Wir wollen den Herrn Kreiscommissär," schrieen Andere.

„Ja, den Herrn Kreiscommissär bestätigte der Urlauber.

Der greise Piotr fiel ein: „Liefert ihn aus, sonst müssen wir ihn holen."

„Beruhigt Euch," erwiederte Roman, „ich reite hinüber, ich bringe ihn."

„Nur müßt Ihr dem Herrn Zeit lassen," erklärte der Jude.

Piotr entgegnete rasch: „Eine Stunde."

„Was ist eine Stunde?" fragte der Jude achselzuckend.

„Wenn der Herr Kreiscommissär nicht frei ist in einer Stunde," drohte der Andere, „so zünden wir das Schloß von Busk an. Beeilen Sie sich, Herr!"

„Ich komme wieder," rief Roman, wandte sein Pferd und sprengte gegen das Schloß.

Der Jude wandte sich geschäftig zu den Landleuten. „Gott soll Euch strafen, wenn Ihr ein Haar auf seinem Kopfe krümmt, er ist so ein guter Herr."

„Das ist er," stimmte Czarny Piotr bei. „Sein Vater war Einer, der mit Hetzpeitsche und Sporen zu Bette ging, den haben seine Bauern im sechsundvierziger Jahre erschlagen; den wollen wir nicht tödten."

„Er soll den Kreiscommissär befreien und die Waffen niederlegen, wir sind zufrieden," entschied der Urlauber. Dann theilten sie ihre Schaaren und zogen gegen das Schloß.

Ihnen voran lief der alte Jude. Er fand den Herrn vor dem Thore von Busk, wie er, den Fuß im Bügel, mit seinen Leuten sprach. „Ihr haltet Wache," sagte er, „hier ist meine Uhr." Seine Stimme zitterte. „Wenn die Bauern vor Ablauf einer Stunde in das Schloß dringen wollen, gebt Ihr Feuer."

Am Fuße der Stiege umfaßte der Jude seine Knie. „Geben Sie auf den Aufstand," flehte der Greis, „die Bauern schlagen Sie todt."

Gerührt bengte sich der Edelmann zu ihm hinunter: „Beruhige Dich, mein alter, alter Freund!"

Der Jude weinte über seine Hand. — „Warum sind Sie ein

Feind des Kaisers? Er ist gut, und weise, und gerecht Allen, die Gott ihm unterthänig gemacht. Ich kenne unsere Bauern. Wenn Sie kein Feind des Kaisers sind, so können Sie Ihren Leib auf der Ackererde betten, und Ihren Kopf auf einem Feldstein unter diesem Volke, und kein Haar wird beleidigt auf Ihrem Haupte! Kämpfen Sie nicht gegen unseren Kaiser!"

„Sei ruhig, mein alter Freund!" sprach Roman mit edler Wärme, „ich kämpfe nicht gegen mein Volk!"

## XII.

Im Saale stand Waleska und beobachtete, die Arme verschränkt, die Bewegungen der Bauernschaaren um das Schloß, während die Edelleute ihre Jagdflinten luden. Sie wandte sich und kam Roman entgegen. „Wir sind belagert, doch erwarten wir Entsatz. Unsere Leute reiten nach Nord und Süd, nach Ost und West und rufen den Adel zu den Waffen."

„Zu spät," entgegnete Roman, „ich komme als Abgesandter der Bauern. Sie verlangen, daß wir Burg ausliefern, die Waffen niederlegen, und drohen, wenn wir uns weigern, das Schloß in Brand zu stecken."

„Wir werden ihnen mit Schüssen antworten," rief Waleska und riß das Fenster auf.

„Das verhüte Gott! Soll noch einmal geschehen, was 1846 geschah?" versetzte Roman.

„Ich verstehe Sie nicht," rief Waleska. „Uns winkt der Sieg, Wien ist im Aufstand!"

Erregt faßte der Edelmann die Hand der Geliebten. „Das Volk ist gegen uns, Waleska. Wir haben uns furchtbar getäuscht. Es ist der alte Fluch. Er ist erfüllt. Wir haben unser Leben getrennt von dem Leben unseres Volkes, weil wir es verachten. Wenn dieses Volk, das wir ein Thier, ein Ding, ein Werkzeug schalten und behandelten, wenn es auf einmal Urtheil zeigt und Herz und einen Willen; wenn dieses Volk, nachdem wir durch Jahrhunderte nichts versäumt, um es uns zum Feinde zu machen, wenn es dem Hasse Worte, Fäuste, Waffen leiht und gegen uns zu Jenen steht, die es befreit, dann fluchen wir dem eigenen Volke und brandmarken es mit dem: Es ist erkauft! Ich schäme mich, nie sprach ich mit dem Bauer mehr als: Wie steht die Ernte? und: Welchen Schaden that der Hagel? Ich kannte unsere Bauern nicht. Heute stand ich ihnen gegenüber, Auge in Auge, als Anwalt Polens und ich unterlag. Sie sind nicht erkauft. Erbärmlich! Schnaps und Silbergeld sollen wirken, wo Fluch und Segen vergangener und gegenwärtiger Herrschaft, wo das Gedächtniß von Jahrhunderten wie ein Verhängniß waltet. Sie sind nicht erkauft. Das sind biedere, treue, begeisterte Herzen. Sie hassen Polen, weil es sie knechtete, sie lieben Oesterreich, weil es sie befreite. Sie wollte ich bekehren, sie haben mich überzeugt. Ich sage mich los von diesem Aufstand, ich kämpfe nicht gegen mein Volk."

"Sie gehen über!" rief Waleska entsetzt. "Wohlan! führen Sie die Bauern gegen Polen, gegen uns, gegen mich!"

"Sie wissen, daß ich dies nicht werde, darum vergebe ich Ihnen."

"Er kehrt zurück an den warmen Ofen zu Bielce," höhnte Herr Kos;" es ist ein mächtiger Ofen, faßt eine Viertelklafter. Da wird er seinen Tschibuk rauchen und uns leben lassen."

"Zu anderer Zeit hätte ich Dir mit der Klinge in der Faust geantwortet," versetzte Roman, "aber diese Stunde ist ernst und heilig."

Die Edelleute lachten.

Roman fuhr fort: "Ihr kennt mich schlecht, ich reite auf das Kreisamt und stelle mich dem Gerichte."

Die Herrin von Bust stand in diesem Augenblicke auf der Schwelle und lachte: "Der reuige Sünder wird Gnade finden."

"Verdamme ihn nicht," sagte Waleska mit bebender Stimme, "er fühlt wie wir. Der Augenblick hat ihn betäubt. Roman! das Vaterland erhebt sich aus Elend und Schmach, und Sie werfen Ihren Säbel in die Scheide? Nein! Nein!" Ihre Stimme zitterte. Flehend, feucht hing ihr Auge an dem seinen. Doch er entgegnete: "Genug des

Elends! Genug der Schmach! Ich will nicht neue Gräuel sehen. Ich kann es nicht verantworten vor mir selbst."

„Du verläßt uns? mich verläßt Du, Roman?" und das Auge des stolzen Weibes füllte sich mit Thränen.

„Ja, Waleska! ich reite auf das Kreisamt. Wenn Ihr Scheu habt, zwecklos Blut zu vergießen, wie ich, so gebt Burg frei und streckt die Waffen. Leb' wohl, Waleska!"

Das schreckte sie empor. Flammend vor Leidenschaft, weinend, bebend schrie sie: „Draußen ist der Mord, hier der Verrath! Tod dem Verräther!"

Todtenbleich wandte sich der Edelmann zu dem zornesschönen Weib: „Bin ich auch ein Verräther? auch erkauft? Hier meine Waffen." Er warf sie von sich. „Ich bin Dein Gefangener, Waleska, tödte mich! ich kann nicht leben ohne Dich, aber ich sage mich los von Dir und Deinem Aufstand."

„Tod dem Verräther!" tobten die Edelleute.

Waleska hielt die Waffe gegen ihn, ihre Brust flog, ihr Arm zitterte, einen Schrei stieß sie aus und schluchzte: „Ich kann es nicht."

Rasch schlug Herr Kos seine Flinte auf Roman an. Ein wilder Satz des Weibes, ein Schuß — sie hatte den Lauf emporgeworfen, die Kugel saß in der Decke. Das Weib lag zu Roman's Füßen.

„Was thust Du, Waleska?" fragte erschüttert die Herrin von Busk.

„Speie mir in's Gesicht!" weinte Waleska, „ich liebe ihn!"

Stephanie wankte. „Waleska!" sprach sie heftig, „Polen, Deine Mission!"

„O, ich bin ein Weib," rief diese, „meine Mission ist die Liebe!"

Stephanie schlug die Hände vor das Gesicht. „Eines fällt ab nach dem Andern. Es ist zu Ende!" Vernichtet sank sie in die Polster der Ottomane.

Roman zog das schöne weinende Weib zu seinen Füßen an seine Brust. „Mein bist Du!" flüsterte er; „mein! jetzt will ich leben und handeln."

Rasch hatte er seine Pistolen aufgenommen, das Fenster geöffnet und winkte seinen Leuten. „Ergebt Euch!" sprach er entschlossen zu den Patrioten.

Seine Leute drangen herein. „Werft die Waffen weg!" Die Edelleute gehorchten schweigend. Außer sich stürzte Frau Kaminska in den Saal und zu Waleska's Füßen.

„Wir zogen Euch zu Hilfe," wehklagte sie; „die Bauern sind weithin in Waffen, sie zersprengten unsere Leute, sie fingen meinen Mann. Rettet ihn! Sie tödten ihn! Gebt Burg frei, legt die Waffen nieder, sie erschlagen ihn!"

„Sie krümmen ihm kein Haar," sprach Roman, „der Aufstand ist zu Ende!"

Sie hob die Hände dankend zu dem Himmel. „Ich bin bereit, Ihnen zu folgen," sagte Stephanie und neigte sich vor dem Edelmann.

„Sie sind frei," entgegnete dieser. „Ich werde Ihre Gefangenen befreien und Ihr Schloß verlassen. Sie danken mir eine schwere Stunde, aber die Zeit wird uns versöhnen. Was ich thue, ist kein Verrath an unserem Vaterlande. Jedes Volk hat eine Mission. Diese führt es der Menschheit zu durch Entwicklung, Bildung, Freiheit! Erfüllen wir, was unser Volk soll in diesem Welttheil, durch Blutvergießen, Aufruhr, Bürgerkrieg? Nein! In diesem Lande ist unser Volk mit Oesterreich. Sollen wir ewig im eigenen Eingeweide wühlen? Meine Seele sehnt sich nach Versöhnung. In meinem Volke will ich wirken. In Oesterreich wohnen wir mit anderen edlen Stämmen; mit ihnen ringen auf dem Acker, in der Werkstatt, auf Schienen, Kanzeln und Papier, das wird ein Kampf sein, der uns Ehre macht und unserem Volke. Und so allein hat Polen eine Zukunft!"

Kaminska deutete voll Angst auf die Uhr. „Die Stunde verrinnt."

„Wo sind die Schlüssel?"

„Hier."

Roman winkte Waleska und verließ den Saal. Sie öffneten Burg's Gefängniß. Er hatte sich erhoben. Bewegt sprach der Pole zu ihm: „Ihre Worte erfüllen sich. Wien ist im Aufstande. Hier bewaffnen sich die Bauern gegen Polen für Ihren Kaiser. Der Bürgerkrieg droht uns wie 1846. Ich will keinen Theil daran; ich kämpfe nicht gegen mein Volk. Sie sind frei und ich bin Ihr Gefangener."

Burg hatte Roman's Hand ergriffen. „Sie werden über die Gränze gehen," sprach er gelassen, „ich werde Ihnen Pässe geben."

„Niemals!" erwiederte Roman, „ich will Ketten tragen ein halbes Menschenleben, wenn ich nur dann die Heimath wiedersehe. Mich selbst verbannen in ein fremdes Land, für immer Lebewohl sagen den Karpathen, der Weichsel, der alten Königsstadt, das kann ich nicht! Ich habe die Gesetze Oesterreichs verletzt, ich stelle mich seinem Gerichte."

„Auch ich," flüsterte Waleska und schlang den weißen Arm um den Geliebten.

Burg schritt sinnend durch das Zimmer, dann wandte er sich zu Waleska. „Haben Sie Papiere, welche sich auf die Verschwörung beziehen, welche Beweise gegen Sie enthalten?"

„Ich werde sie Ihnen übergeben. Begleiten Sie mich."

In ihrem Zimmer reichte sie ihm dieselben. Er sah sie durch. „Ist dies Alles?"

„Alles."

„Sie haben nichts," sprach er zu Roman, „was gegen Sie zeugen kann?"

„Nichts."

Burg faßte die Papiere zusammen und warf sie in die Flammen des Kamins. Erschüttert hatte Roman seine Hand ergriffen. „Stellen Sie sich dem Gerichte", fuhr Burg fort, „die Untersuchung wird nichts ergeben. Ich sorge dafür. Sie legen die Waffen nieder und folgen mir auf das Kreisamt, das kann ich Ihnen nicht ersparen."

Als Burg mit Roman im Thore erschien, wurde er von den Bauern mit wildem Jauchzen begrüßt. Sie liefen herbei, um seine Kleider zu küssen. Er sah, Thränen im Auge, in das Gewühl und sprach: „Ich danke Euch die Freiheit, das werde ich Euch nicht vergessen, so lange ich lebe. Der Herr von Bielce folgt uns auf das Kreisamt. Damit ist hier Alles zu Ende. Niemand betritt das Schloß. Schlitten! Pferde!"

Der Jude warf sich vor Roman nieder und küßte seine Füße, aber der Edelmann schlang den Arm um ihn und hob ihn auf.

„Befreie Lozinski!" flüsterte Waleska.

Der Jude nickte und verschwand im Schloßthore.

Da brachten die Bauern den gefangenen Kaminski in einem reichvergoldeten, mit kostbaren Fellen bedeckten Schlitten. Auf Burg's Wink stieg Waleska ein, dicht verschleiert. Rings um sie die Bauern auf ihren kleinen zottigen Pferden mit Sensen und Dreschflegeln; voran Burg, Roman, zu Rosse — so setzte sich der Zug in Bewegung.

Als sie sich der Stadt näherten, sah Burg den Postwagen in toller Eile auf der Straße nachkommen. Der Postillon blies die Volkshymne, der Conducteur stand auf dem Bocke und winkte mit einem weißen Tuche. Eine frohe Ahnung überflog Burg's Gesicht. „Voran! meine Freunde!" rief er, „ich folge;" und eilte im Galop dem Postwagen entgegen.

In den Straßen der Stadt lagerten bewaffnete Bauern. Sie hatten gefangene Edelleute abgeliefert oder waren herbeigezogen zum Schutze des Kreisamtes. Sie winkten den Ankommenden mit den Hüten und begrüßten sie mit lauten Hurrahs.

Roman trat, Waleska am Arme, bei dem Kreishauptmanne ein. „Ich stelle mich Ihrem Gerichte! Wir sind Ihre Gefangenen!"

Der Kreishauptmann schloß ihn herzlich an seine Brust. Am Fenster stand Karola. Unten schwoll es wie ein Meer von Stimmen und Jubel. „Er kommt!" rief sie.

Burg trat ein. Er hielt ein Blatt in der Hand, sein Auge leuchtete. Karola streckte die Arme nach ihm aus und sank. Er aber fing sie auf und sie lag weinend an seiner Brust. „Sie ist mein!" rief er; „mein Gott, mein Gott! das ist zu viel! Mein Gott! Ich möchte beten, und weinen und beten!"

„Was ist geschehen?" fragte der Kreishauptmann.

„Bürgerblut ist in den Straßen von Wien geflossen! Metternich ist gestürzt! Amnestie! Constitution!"

Dann rief er vom Balcone: „Landsleute! Eure Noth hat ein

Ende; dem Kaiser allein seid Ihr unterthan und aufgehoben ist die Robot."

Das war ein Jauchzen und Weinen von Tausenden. Auf die Knie warfen sich die Bauern und hoben die Hände zum Himmel, zu dem Doppelaar an dem Kreisamte.

Der Kreishauptmann hatte das Blatt überflogen. Er wandte sich erfreut zu Roman: „Sie sind frei!"

Der faßte seine Hand. „Noch kann ich nicht einstimmen in Ihren Jubel," sprach er; „aber ich bin versöhnt mit Ihrem Kaiser und mit Oesterreich."

Burg aber kehrte zurück zu Karola. „Ich weiß Alles," sprach er. „Ich habe um Dich gekämpft, Karola, wie für Oesterreich, als ich mit der Verschwörung rang. Ich wußte es; so mußte ich Dich erobern, und Du hast mich befreit!"

„O, was habe ich gelitten!" flüsterte das Mädchen. „Jetzt bin ich frei."

„Du bist mein!" rief er; „ich wußte es längst, aber ich bin nicht zufrieden damit; von Deinen süßen duftenden Lippen will ich es hören." Und er warf sich ihr zu Füßen. Ich werde keine Gelehrte aus Dir machen. Sei mein! Prächtige Sammtjacken sollst Du tragen, mit Zobel und mit Hermelin, und im Schlitten sollst Du fahren, reiten, schießen den Adler, den Fuchs, den Wolf und eine Bibliothek will ich aufstellen für Dich allein, und so oft Du es wünschest, Deine Füße küssen. Bist Du zufrieden?"

Lachend beugte sich Karola zu ihm. Entzückt trank er ihren Athem, ihren Kuß.

„Mein bist Du!" rief er, „mein starkes, schönes, süßes Weib! So will ich Dich! Wir haben eine Mission in diesem Lande, so Du wie ich; denn wo unser Herd steht, ist Oesterreich. Die Funken, die von diesem Heiligthume sprühen in das Volk, sind Sitte, Bildung, Fortschritt, Freiheit! So behaupten wir dies Volk und unsere Heimath, und Oesterreich wird einst jeder Segen heißen seinen Völkern."